ハーレクイン文庫

無垢な公爵夫人

シャンテル・ショー

森島小百合 訳

HARLEQUIN
BUNKO

THE SPANISH DUKE'S VIRGIN BRIDE

by Chantelle Shaw

Published by Harlequin Japan, a Division of K.K. HarperCollins Japan, 2024

無垢な公爵夫人

◆主要登場人物

グレース・ベレズフォード……アンティーク・ショップの経営者。
アンガス・ベレズフォード……グレースの父。
パム……………………………グレースの叔母。
リチャード・クウェンティン……グレースの元婚約者。
ハビエル・エレーラ……………銀行家。スペインの公爵。
カルロス・エレーラ……………ハビエルの祖父。故人。
ルシータ・バスケス……………ハビエルを慕う娘。
トーレス………………………エレーラ家の執事。

1

「何かの冗談なのか？」

　ハビエル・アレハンドロ・ディエゴ・エレーラ公爵は、アンダルシア一帯を望む城の窓辺まで行って振り返り、年配の男性をにらみつけた。

「これほどの重大な案件で冗談を言うことはありえません」ラモン・アギラールは堅苦しい口調で答えた。銀色の口髭《くちひげ》を怒りに震わせている。手にした書類をせわしなく動かすしぐさからは緊張がうかがえた。「あなたの祖父、カルロスさまの遺言は明確です。三十六歳の誕生日までに結婚しなければ、エレーラ銀行の経営はあなたではなく、あなたのいとこのロレンツォさまにゆだねられます」

　ハビエルは舌打ちをした。黒い眉がひそめられ、褐色の肌に鋭い頬骨が浮き出る。

「まったく《ディオス》！　ロレンツォの頭は幼児並みだと、祖父もよく言っていたじゃないか。根性も覇気もない。いったいロレンツォのどこが銀行頭取としてぼくよりふさわしいというんだ？」不信の念が怒りに変わり、引き締まった体がわななく。新たに公爵となったハビエルが全身で怒りを表すさまは、畏怖《いふ》さえ感じさせた。

アギラールは不安を追いやるように咳払《せきばら》いをし、小声で言った。「彼には妻がいます」

すまなそうに発せられた言葉が、なめらかな水面に放たれた小石のように、静かな部屋に波紋を呼んだ。檻《おり》の中の虎《とら》さながらに部屋を歩きまわっていたハビエルは、突如動きを止め、生前の祖父が深い信頼を寄せていた弁護士に意識を集中させた。

「ぼくは十歳のときから、エレーラ一族の長およびエレーラ銀行の頭取という地位を引き継ぐために、祖父の厳格な教えを受けてきた」ハビエルは顎をこわばらせ、食いしばった歯の間から言葉を絞りだした。「祖父はなぜ急に考えを変えたんだ？」

ハビエルにとって重要なのは、貴族の称号ではなく、エレーラ銀行の経営権だった。カルロスの息子、つまりハビエルの父フェルナンドは、かなり前に勘当され、ドラッグがもとでこの世を去った。先だってカルロスが他界し、継承権第一位のハビエルが正式にエレーラ公爵となった。しかし、銀行経営という究極の目標にはまだ手が届かないらしい。

「確かにいとこは妻帯者で、ぼくは独身だ。だが、たったそれだけの理由で、ぼくにこそふさわしい頭取の地位をいとこに奪われるというのか？」ハビエルは語気鋭く問いただした。一瞬、琥珀《こはく》色の目に炎が燃えあがったものの、激しい感情は強い自制心によって尊大な仮面の下に押し戻された。

「カルロスさまの望みは、一族を末長く繁栄させてくれると確信できる人物に銀行を託す

「それはぼく以外にない」ハビエルはいらだたしげに断言した。

ラモン・アギラールはハビエルの言葉が聞こえなかったかのように先を続けた。「ここ数カ月、取締役たちの間で懸念が広がっています。カルロスさまも案じていました」弁護士はデスクに写真を広げた。女性を連れたハビエルの写真だ。そのどれにも胸の谷間が印象的なブロンド美人が写っていたが、すべて別の女性だった。

ハビエルは写真に一瞥《いちべつ》をくれ、肩をすくめた。単なる連れの女性だ。愛情とは無縁の喜びを分かち合ったが、大半は名前さえ覚えていなかった。「祖父がぼくに禁欲の誓いを求めているとは知らなかったよ」ハビエルは刺《とげ》のある口調で言い、百九十三センチの長身を伸ばして、軽蔑《けいべつ》のまなざしを祖父の弁護士に向けた。

「そうではありません。カルロスさまは、遺言で相続に条件をつけ、花嫁を見つけさせようとお考えになったのです」アギラールは身をこわばらせつつ、ハビエルの視線を受け止めた。「あと二カ月です。だめならロレンツォに銀行を任せることになる。エレーラ銀行は伝統ある昔ながらの銀行で――」

「それをぼくは二十一世紀にふさわしい銀行に変えようとしている」ハビエルは不機嫌な声で遮った。

「カルロスさまはあなたの改革案に賛成していました。確かに近代化は必要です。しかし、取締役会の協力なしに進めることはできません。役員たちは変化に対して不安と警戒を抱いている。自分たちと同じ品位、倫理観、家族観を持つ頭取を求めているのです。最新の愛人と一緒にいるあなたの写真が低俗紙に掲載されるのを快く思っていません」

弁護士はいったん口を閉じ、さらに続けた。

「カルロスさまはあなたの……旺盛《おうせい》な交遊が判断に悪影響をもたらしたのではないかと案じていました。イギリスの子会社の問題です。社長にアンガス・ベレズフォードを任命したのはまずかった」

ただひとつの過ち。アンガス・ベレズフォードの背信行為を知って以来、生まれて初めて人を見誤ったという思いに、ハビエルはさいなまれていた。アギラールに言われるまでもない。「手は打ってある。ベレズフォードの件に関してはぼくが処理する」

ハビエルは窓のほうに視線を転じ、エレーラ一族の広大な土地を眺めた。見渡すかぎりすべてが自分の所有地なのに、王冠を授与されなかった王のような気がした。エレーラ銀行はぼくのものだ。二十五年間、ひたすら待っていたのに、祖父に能力を疑われたばかりか、それが他人にまで伝わっていたのがやりきれなかった。

「頭取にはぼくがいちばんふさわしい。パパラッチが撮った、たかが数枚の写真で孫の能力に疑問を持つとは、祖父もどうかしている。結婚しろだって？　父の結婚を見てみろ。母は巡業サーカスのフラメンコダンサーで、ときには体も売っていた。そんな母と深い仲になったせいで父は破滅した。ぼくは女性の影響など絶対に受けない」ハビエルは皮肉たっぷりに続けた。「両親の不幸な姿を見て、結婚がすばらしいと思えるか？　ぼくが結婚すると考えるとは、祖父もどうかしている」

「カルロスさまは、あなたと同じような身分の花嫁を選ぶことを望んでいました。つまり、公爵夫人としての役割を自覚し、それを過不足なくこなせる女性です」ラモンは冷静に応じた。「実は亡くなる直前、カルロスさまは予測していました。ルシータ・バスケスがあなたの結婚相手になるだろう、と」

「祖父には、十七歳の子供と結婚するつもりはないとはっきり伝えたのに。ルシータはまだ学生だ」ハビエルは怒りをあらわにした。

「確かに若い。しかし、公爵夫人としては最適です。結婚で二つの銀行は合併します。考えてみてください」アギラールは説得するように言った。「あなたはエレーラ家とバスケス家両方の指揮をとることになるのですよ」

最後に祖父と話したときも同様の流れになった。スペイン屈指の二行の合併には魅力を感じる。だが、ハビエルはばかではなかった。祖父は墓に入ってからも孫を操ろうとしているのだ。ルシータと結婚したら、わがまま娘に束縛されるばかりか、祖父の古くからの友人、ミゲル・バスケスの監視を受けることになる。

当然、ハビエルがルシータとの結婚を拒んだことをカルロスは喜ばなかった。その不愉快な会話のあとで、弁護士を呼んで遺言を書き換えさせたのだろう。短期間で妻を見つけなければいけないとなれば、ルシータと結婚せざるをえないと考えたに違いない。だが祖父は、孫にも自分と同じ頑固な血が流れていることを忘れていたらしい。結婚しなければならないなら、してやろう。ただし、相手は自分で選ぶ。

狐《きつね》のようにしたたかだった祖父の力は、死後も弱まらないようだ。第一ラウンドは祖父の勝ちだ、とハビエルはぎこちない笑みを浮かべて認めた。だが、最後に勝利を収めるのはぼくだ。たとえ面倒な妻探しに取り組まなければならないとしても。

「公爵夫人を選ぶ時間は二カ月あるんだな?」ハビエルは何食わぬ顔で念を押し、デスクの前の革張りの椅子に腰を下ろした。正面に座る白髪の弁護士は疲労のせいか、やつれて見える。祖父の弁護士を四十年も務めたラモン・アギラールにとって、祖父の死は相当にこたえたはずだ。こんな状況に陥ったのは、何もラモンの責任ではない。ハビエルはかすかに同情を覚えた。「ぼくにできると思うか、ラモン?」ハビエルの口もとに浮かぶ笑みには、自信がみなぎっていた。

「心から願っています。本気で銀行の次期頭取になりたいのなら」弁護士は答えた。

「ぼくはそれだけを望んできた。頭取になるためならあらゆる努力を惜しまない」不意にハビエルの笑みが消え、大理石の彫像のような顔に戻った。

その冷酷な顔を見て、アギラールは思った。堅固な意志は祖父譲りだ、と。唐突に、誰だかわからないがエレーラ公爵夫人となる女性が気の毒に思えた。歴史を振り返れば、エレーラ家の結婚は天国ではなく地獄だった。だが、そのことを伝えるのはアギラールの役目ではなかった。

そんな弁護士の思いなどつゆ知らず、ハビエルは立ちあがり、手を差しだした。「二カ月後に会うときには、花嫁を紹介するよ」すでにハビエルは心の中で何人もの女性たちをチェックし、短期間の書類上の結婚に同意してくれるのは誰か考え始めていた。報酬としてしかるべき金を与えることになるだろうが、全額支払うのは離婚の日だ。結婚が〝いつまでも幸せに〟続く可能性があると誤解させるわけにはいかない。

アギラールはゆっくりと立ちあがった。「楽しみにしていますよ。めでたく結婚一周年を迎えたあかつきには、エレーラ銀行の全権をあなたにゆだねることを記した書類に署名しましょう。それまでは引き続き頭取代理として銀行の経営に携わっていただきます。ただし、取り引きに関する重要な決定は、わたくしと法律顧問の同意が必要となります」

「一年か！」ハビエルは吐き捨てるように言い、弁護士の手から祖父の遺言書をひったくった。そして目を通したあとでデスクの上にほうり投げた。「いいか、ラモン。ぼくはなんとしても自分の正当な権利を手に入れる。祖父の指示がどうであろうと」

2

ガイドブックによると、獅子《しし》城はグラナダの町を見下ろす山の頂近くにあり、十二世紀にムーア人が建てたものだという。城までは険しい坂道が続いていて、急カーブを曲がるために、グレースはギアを何度も入れ替えなければならなかった。これ以上、のぼったら雲に突入してしまいそうだと思いながら、彼女は岩壁の上にそびえる城を見あげた。

山はシエラネバダ山脈に属し、遠くに見えるさらに高い山々は雪をいただいている。しかし、このあたりは木々が生い茂り、折からの雨に無数の葉を震わせていた。

こんな天候ではよけいに気がめいる。

グラナダのホテルに着いたとき、支配人が言った。〝晩春のこの時季には珍しく、三日前から雨が降り続いているんです。けれど、明日は太陽が出て、気分も晴れますよ〟

いいえ、天気が変わったくらいでわたしの心は晴れない。グレースはため息をついた。髭《ひげ》も剃《そ》らず、憔悴《しょうすい》して椅子に座る父の姿がまぶたに浮かぶ。そこに、ぱりっとしたスーツに身を包み、エレーラ銀行の支店長として活躍した誇り高い父の面影はない。

〝グレース、おまえにできることは何もないよ〟

父のアンガスはそう言って、無理にほほ笑もうとした。苦難の中でもひとり娘を守ろうとする父を見て、グレースはなんとかしようと決意したのだ。

それほど事態は悪くないはずよ、とグレースは自分に言い聞かせた。理想の男性だった父が銀行の金を着服したと知ったときは、あまりのショックにめまいを覚えた。もちろん着服した理由はわかる。運動機能の神経疾患で年々健康をむしばまれ、動けなくなっていった母の看病は相当つらかったに違いない。愛妻のために、父は治療法を求めて世界じゅうをまわった。漢方、自然療法、アメリカの高価な治療薬など、なんでも試した。

結局、すべて無駄となり、二年前、グレースが二十一歳の誕生日を迎える直前に母のスーザンは他界した。グレースは父がギャンブルで治療代を工面していたとは思ってもいなかった。しかも、ギャンブルでつくった借金を返済するため、自らが支店長を務める銀行から金を借りていたという。

ショックを隠せないグレースを見て、父はしわがれた声で言った。〝誓ってもいい。金は返すつもりだった。たった一度、幸運に恵まれるだけでよかったんだ。そうすれば誰にも知られずに金を返し、架空口座を閉じることができた〟

だが、明るみに出てしまった。鋭い監査役が異変を見つけ、徹底した調査が行われることになった。疑惑はエレーラ銀行の頭取にも報告され、グレースは、自分と父の人生が崩壊していくのをただ眺めているしかなかった。

苦しげな声をもらして苦い追憶を断ち切り、グレースは現在に心を引き戻した。相変わらず坂道が続き、道の両側に立ち並ぶ木々が頭上でアーチをつくっている。何度目かの急カーブを曲がったところで、グレースは息をのみ、ハンドルにしがみついた。視界が開けたすぐ先に道路のへりが見え、その向こうは恐ろしい崖《がけ》になっていた。

「神さま」グレースはつぶやいた。少しでもハンドル操作を誤れば崖に突っこんでしまう。彼女は高いところが苦手だった。手が汗ばみ、吐き気がこみあげる。めまいさえ覚えて、一瞬引き返そうかと考えたが、道幅が狭すぎて、あと戻りもできない。それに、グレースにはしなければならないことがあった。

エレーラ家が代々住まいとしてきた獅子城に、新しい公爵がいるようグレースは願った。手紙を出してもなしのつぶてで、電話をかけても取り次いでもらえない。それで、マドリードにある銀行の本部を訪ね、さらに飛行機でグラナダまで来たのだが、頭取は山の私邸にいると聞かされただけだった。

なんとしてもハビエル・エレーラに会わなくては。グレースは危険な崖から目をそらし、前方の道路に意識を集中した。幸い、しだいに道は平坦《へいたん》になり、次のカーブを曲がると、雨に濡《ぬ》れた威圧的な灰色の要塞《ようさい》が目の前にそびえていた。

グレースは期待を胸に車から降りた。険しい山道を運転してきたせいか、あるいはハビエル・エレーラとの対面を控えて緊張しているせいか、体じゅうの筋肉が痛んだ。

みごとなムーア様式の城だが、グレースが見ているのは近寄りがたい正面玄関だけだった。両わきで石のライオンが今にも飛びかからんばかりに身構えている。グレースは身を震わせた。日が落ちてからは訪れたくないところだ。今もとどまりたくなかったが、父を救う力を持つのがエレーラ公爵ただひとりである以上、早く会うに越したことはない。

細かい雨が薄手のワンピースに染み通り、肌を刺す。グレースは急いで車の中からパシュミナを取り、体に巻きつけた。柔らかなカシミアは、父の不正が発覚する前でさえ高価な買い物だった。今となっては分不相応な贅沢《ぜいたく》品だが、その暖かさはありがたい。グレースは肩に羽織り、足早に城の玄関に続く石段をのぼった。

玄関のベルのひもに手を伸ばしたとき、突然扉が開き、二つの人影が姿を現した。ひとりは城の使用人らしく、もうひとりは印象的な口髭を生やした、背の低い年配の男性だった。

「エレーラ公爵にお目にかかりたいのですが」グレースはおずおずと申し出た。以前、マラガにいた叔母のパムと長い休暇を過ごしたおかげで、スペイン語はお手のものだった。

「セニョリータ、命が大切なら、およしなさい」年配の男性がそっけなく言った。「今、公爵さまのご機嫌はよろしくありません」

とにかく、ハビエル・エレーラ公爵はここにいるのね。そう思うとグレースの胸に希望が芽生えた。あとはこの無表情な執事に頼んで、公爵に会わせてもらうだけだ。

だが数分後も、グレースはライオンと一緒に風雨にさらされ、石段の上に立っていた。

「お願いします」もう一度頼みこんだが、重いオークの扉は無情にも閉じ始めた。

「お気の毒ですが、公爵さまは約束のない方とは面会なさいません」執事はいらだたしげに繰り返した。

「わたしが来たことだけでも伝えていただけませんか……五分でいいんです。お時間はとらせません」

必死の訴えは閉ざされたオークの扉にはね返された。グレースは子供じみた衝動に駆られ、怒りに任せて扉を蹴飛《けと》ばした。しかし、当然ながら扉はびくともしなかった。武装した侵入者をも寄せつけない堅固な城に、百六十センチにも満たない女性が立ち向かえるはずがない。

「まったく、ハビエル・エレーラったら！」低い声でつぶやき、グレースはまばたきで涙を押し戻した。山道を戻るしかないが、目的を果たせないますごすごと引き下がるわけにはいかない。グレースは昔、低い身長を頑固さで埋め合わせていると父にからかわれたことがあった。

エレーラ公爵は城壁の向こうにいるのだから、会って話を聞いてもらう手立てがきっとあるはずだ。グレースはあきらめるつもりはなかった。

またも、食欲不振でやせ衰え目を充血させた父の姿が脳裏に浮かび、グレースは胸を締めつけられた。父は母の死を受け入れられず、医師は神経症を危惧《きぐ》していた。弁護士の話では、父は刑務所に送られる可能性が高いという。その恐怖を取り除いてやれば、鬱《うつ》状態から抜けだせるかもしれない。

雨はいつの間にか上がり、灰色の雲の切れ間から薄日が差して、地上にぬくもりを届けようとしていた。あたりを見まわすと、前庭の奥の城壁にアーチ型の門がある。グレースはつかつかと歩み寄り、試しに扉を押してみた。てっきり鍵《かぎ》がかかっていると思ったのに、鉄の扉は内側へ動き、グレースは急いで中に入った。

幾何模様の美しい、楽園さながらの庭を目にして、グレースの気持ちは安らいだ。いくつも並んだ四角い池には澄んだ水がたたえられ、直線に刈りこまれた生け垣や異国情緒豊かな椰子《やし》の木が複雑に配置されている。噴水のかすかな水音に、からまったグレースの神経がほぐれていく。早咲きの薔薇《ばら》が天を仰ぎ、ベルベットの花びらに雨のしずくを宿していた。彼女は思わず一輪摘み取り、顔を寄せて香りを吸いこんだ。すると心が軽くなり、ずっとここで優しい鳥の歌を聞いていたくなった。

無数にある細い道を進んでいくうちに、グレースは城に入りこむ手立てを求めていることを忘れた。苦悩する父のことも、エレーラ公爵を捜さなければいけないという義務感も、曲がりくねる下り坂を運転して戻らなければならないという不安も、すべて頭から消えていた。

穏やかな気持ちで池を眺めていたとき、なぜか背中がむずむずして、誰かに見られていることに気づいた。鳥さえさえずりをやめ、なんの物音もしなかったにもかかわらず。グレースはゆっくりと振り返り、そして一瞬、呼吸が止まった。

男性がひとり、庭の向こうに立っていた。遠いのにかなりの長身だとわかる。革のブーツぎりぎりまでの丈の長い深緑色のコートと、肩に羽織った大きなケープのせいで、中世の征服者《コンキスタドール》のように見えた。顔は目深にかぶったつば広の帽子に隠れ、よく見えない。しかし、全身から力強さがにじみ出ているうえ、毛並みのいい黒いドーベルマンを従えているため、グレースのみぞおちのあたりに恐怖が渦巻いた。犬はかわいいペットではなく、間違いなく番犬で、男性はおそらく警備員だろう。

そのときになって、グレースは自分が不法侵入していることに気づいた。いちばん賢明な方法は警備員に近づき、謝罪することだ。ところが、想像力がたくましすぎるのか、顔のわからない男性はまるで地獄の番犬を引き連れた死に神のように見えた。本能が常識を退け、グレースは悲鳴をあげて身をひるがえした。走りながら恐る恐る後方に目を向けると、男性が犬を解き放つのが見えた。

グレースは青ざめ、必死に逃げ道を探した。庭の三方は高い城壁で囲われているが、残りの一辺の古い煉瓦《れんが》の壁は半ば崩れ、低くなっていた。

犬は今にも飛びかかってきそうだ。獣の荒い息が急速に近づいてくる。鋭い牙《きば》が体に突き刺さる光景が脳裏をよぎり、グレースは慌てて小道を走り抜けた。そして、崩れた煉瓦を足がかりにしてすばやく城壁の上によじのぼり、人心地ついた。

犬は下で牙をむいてほえているが、たぶん壁を乗り越えて無事に外へ下りられる。最後にもう一度、犬に目を向けてから、片脚を壁の反対側に出そうとしたところで、グレースは悲鳴をあげた。壁の向こうは切り立った断崖《だんがい》になっていた。高さはおそらく二百メートル近くあるだろう。飛び下りれば間違いなく死ぬ。壁を伝い下り、猛犬が待ち受ける庭に戻るしか助かる方法はなかった。

結局、グレースは何もできなかった。恐ろしさで体がしびれ、壁の上でふらふらしながら男性が近づいてくるのをただ見ていた。

「ルカ、静かに」ハビエルはゆっくりと庭の隅に近づき、犬を呼び寄せた。城壁の上に若い女性がしがみついている。恐怖をたたえた目だけが、血の気を失った顔の中で大きく見えた。

ハビエルはいささかも同情を覚えなかった。彼女が一日じゅう壁の上にいようと、知ったことではない。パパラッチにはうんざりだった。オフィスやナイトクラブの前で張りこまれるだけでも充分わずらわしいのに、この城にまで押しかけてこられ、人生最悪の日に追い打ちをかけられた気がした。

「どうやってここに入った？　何が目的だ？」ハビエルはもどかしげに尋ねた。カメラは持っていないようだ。ルカから逃げる途中で落としたのかもしれない。おびえるあまり前後も考えずに城壁をよじのぼったのだろう。確かにルカは獰猛《どうもう》に見えると思いつつ、ハビエルは犬の首輪に鎖をつないだ。それでも女性が黙ったままなので、ハビエルは顎をこわばらせた。駆け引きをする気分ではない。早くここから出ていってほしかった。「下りたまえ。犬は鎖でつないだからもう恐れる必要はない」

答えはない。ハビエルは険しい目で女性の青白い肌を眺めた。頭と肩を覆うショールのようなもので髪は見えない。だがスペイン人ではないと直感し、彼は英語で繰り返した。沈黙を破り、女性がようやく口を開いた。「できないわ」恐怖のせいか、その声はいかにも弱々しい。

「セニョリータ、下りてきなさい」

今にもいらだちを爆発させそうなハビエルの口調に、女性は用心深いまなざしで彼を見下ろした。

ハビエルは、小声で悪態をつきながら、すばやく煉瓦の壁を見渡した。のぼって助けるのはたやすいが、彼女が恐怖に駆られてパニックに陥ったら何をしでかすかわからない。逃れようとした拍子に城壁の向こう側へ落ちる恐れもある。

いらだちを抑え、ハビエルはできるかぎり声をやわらげた。「怖がることはない。ぼくもこの犬もきみを傷つけるつもりはない。さあ、来るんだ。下で受け止めるから」

ふらつく女性の体を見て、ハビエルの口調が鋭くなる。今や彼女は目を閉じていた。不安がわきおこり、ハビエルの背筋に震えが走った。新聞記者は嫌いだが、若い女性が落ちて死ぬのを見たいとは思わない。「セニョリータ、抱き止めるから、安心して飛ぶがいい。きみの名は？」彼が両腕を差しだして尋ねると、女性の体が前に傾いた。

彼女が落ちると同時に、ショールが頭から外れ、淡い茶色の髪がシルクのようにうねって肩にこぼれ落ちた。彼女の口からか細い声がもれる。

「わたしは……グレース……ベレズフォード」名乗り終えるや、女性は気を失った。


グレースは心地よいぬくもりに包まれていた。規則正しい鼓動が耳もとで響き、安心感がわいてくる。だが、永遠には続かなかった。現実が忍びこみ、壁から落ちた恐ろしい瞬間がよみがえる。一方には崖、もう一方には獰猛な犬を従えた見知らぬ男。再び恐怖に襲われ、彼女はぱっと目を開いた。「どこへ連れていくつもり？」我ながらいやになるほど弱々しい声だった。「下ろして」

帽子のつばで、男性の顔はちらっとしか見えないが、角張った顎に野性的な力強さが感じられる。グレースの声を聞いて、男性は立ち止まり、荒っぽい動作で彼女を立たせた。

そのとたん足もとがぐらついて吐き気を催し、グレースは地面に膝をついた。

男性は手を貸して立たせようともせず、湿った草にひざまずくグレースを見下ろしていた。その無言の凝視で彼女の神経はずたずたに切り裂かれた。犬も主人の足もとに座り、黒い目でグレースを見つめている。鎖につながれているのを知り、彼女は小さく安堵《あんど》のため息をもらした。「犬をけしかけるなんて信じられないわ」とがめるように言ったが、声の震えを隠すことはできなかった。

「不法侵入は許せない」男性は語気鋭く応じた。なまりがあるものの、流暢《りゅうちょう》な英語だった。

グレースは顔を上げ、まじまじと男性を見つめた。横柄な態度が腹立たしい。服装から見て、おそらく城の警備員か管理人だろうが、この城の持ち主であるかのように尊大なまなざしを彼女に向けていた。

「なぜここに来た?」男性が不機嫌な声で尋ねた。

「エレーラ公爵に会いに来たのよ」足もとにひざまずいているのは不利だと感じ、グレースは深く息を吸ってどうにか立ちあがった。まだ足もとがふらつく。それでも、男性は支えるそぶりも見せず、黙って彼女を見つめていた。

「なんのために?」

彼の口調にさげすみを感じ取り、グレースは歯噛《はが》みをした。相手の顔を見てやりたいと思い、顎をぐいと上げてにらみつける。「個人的な理由よ」男性の強い腕と広い胸を見て、グレースは言葉を切った。

ありがたいことに城壁から落ちたときの記憶はないが、上でふらふらとバランスをとっていたときの恐怖は今も頭にこびりついている。管理人だか警備員だか知らないが、確かに、この男性が助けてくれたから転落しても負傷せずにすんだのだ。

「受け止めてくださって、ありがとう」グレースはかすれた声で礼を言った。「不法侵入だとわかっていたけれど、公爵にどうしても会いたくて……」いまだに公爵との対面さえかなわない事実を思い知らされ、彼女はみじめな気持ちで口を閉ざした。

「公爵は招かれざる客にわずらわされるのを嫌う」

男性の尊大な物言いに、グレースはかっとなった。地面に足がついているため、恐怖は薄れている。なんとしても公爵に会わなければ。ひょっとして、この無礼な管理人に助けてもらえるかもしれない。

「招かれざる客ではないわ……約束があるの」グレースは嘘《うそ》をついた。乾いた唇を舌で湿す。相手は何も言わなかったが、信じていないのは目を見れば明らかだ。彼女はむっとして言いつのった。「本当よ。早く着いてしまったから、車の中で待つよりは庭でも歩いたほうがいいと思ったの。申しわけなかったわ」澄んだブルーの目を上げ、おずおずと笑顔を見せる。「今ごろ公爵は待っていらっしゃるはずよ。よかったら案内してくださらない？」

男性が無言のままあまりに長く凝視するので、グレースの緊張はぴんと張った糸のように限界寸前まで高まった。彼の声が静寂を切り裂いたときには、思わずぎくっとした。

「本気で獅子城に入りたいのか、ミス・ベレズフォード？」

声音に潜んでいるのは脅しかしら？　突飛な想像をして震える自分を戒め、グレースはきっぱりと答えた。「もちろんよ。連れていってくださる？」

「わかった」

今度の口調には間違いなくあざけりが含まれていた。彼は体の向きを変え、犬を従えて歩きだした。後ろを確かめようともしない。庭を横切っていく彼のあとを、グレースは小走りについていった。

城に入るころには、グレースは息を切らしていた。男性のあとから急な石段を上がる。さっき彼女をはねつけた融通のきかない執事の姿はなく、グレースはほっとした。ようやくライオンのねぐらに入りこめたわ。動揺を抑えながら、グレースは本棚が並ぶ大きな部屋に足を踏み入れた。エレーラ公爵の書斎に違いない。

どういうわけか、男性も入ってきてドアを閉めた。続いて鍵《かぎ》のかかる音が聞こえ、グレースの心臓が跳ねた。男性は彼女を無視してコートのポケットから携帯電話を取りだし、話し始めた。声が低すぎて内容を聞き取れないまま、電話はすぐに終わった。

「公爵はすぐいらっしゃるの？」グレースは尋ねた。

「長く待たせることはない」

男性のなめらかな声には皮肉がまじっていて、グレースの不安は増した。彼がコートを脱ぐと、グレースの目はみごとな体に引きつけられた。細身のぴったりしたズボンが腿を包み、襟を開けた白いシャツから日に焼けた喉がのぞく。革のロングブーツは力強いふくらはぎの筋肉を浮かびあがらせていた。

グレースは中世の貴族を連想した。彼が帽子を脱いだとき、その印象はさらに強まった。

「警察がすぐに来る」男性の硬い顔に温かみのかけらもない笑みが浮かんだ。

「警察……」グレースは言葉を失った。思うように口が動かないのは、明らかにこの見知らぬ男性に対する我が身の反応のせいだ。ハンサムという形容だけでは充分ではない。まさに完璧《かんぺき》だった。

かみそりの刃のように鋭い頬骨と角張った顎、冷徹で尊大な顔。黒い眉と髪は、金色がかった褐色の肌を引き立てている。そして、グレースの全身を探る琥珀《こはく》色の目は、好奇の色をたたえて輝いていた。

グレースは身につけているものを一枚一枚はがされている気がした。頬は怒りでほてっているのに、胸がうずくのを感じて彼女はぎょっとした。狼狽《ろうばい》を隠し、険しい声で言う。

「庭の管理人だと思っていたけれど、あなたがエレーラ公爵なのね」ぞっとする事実に気づいて、彼女の声はかすれた。そうでもなければこれほど傲慢《ごうまん》な態度で、軽蔑《けいべつ》もあらわにこちらを眺めまわすはずがない。グレースはいたたまれなくなり、穴があれば入りたくなった。

嘲笑《ちょうしょう》するように彼の片方の眉が上がった。「そしてきみは、嘘つきで泥棒のミス・ベレズフォードだ」わずかに間をおいてから、公爵は小声でつけ加えた。「家系なんだろうね」

知られていて当然だと思い、グレースの心は重くなった。ハビエル・エレーラにとって、ベレズフォードの名は忘れられないはずだ。深呼吸をして訪問の理由を説明しようとしたが、脳が溶けてしまったかのように、どうしても彼から目をそらすことができなかった。これほど魅力的な男性に出会ったのは初めてだ。珍しい金色の目で催眠術をかけられ、彼の魔力にとらわれた気がした。

「確かに少し事実と違うことを言ったけれど、わたしは泥棒ではないわ」公爵と約束があると嘘をついたことを思い出して赤面しながら、グレースはもごもごとつぶやいた。いつもは正直を誇りにしていたが、自分が信頼できる人間だと彼に納得してもらうのは難しそうだった。

「違う？　だったらなぜ、ぼくの庭にあるものを勝手に取ったんだ？」

ハビエルが近づいてきて、グレースの前で足を止めた。スパイシーなコロンの香りが鼻をくすぐる。立ちつくす彼女の顎から胸の谷間へと、ハビエルの無遠慮な指が動いていく。息が喉につまり、グレースは頭がくらくらした。何も言えずに見あげているうちに、ハビエルは突然、ボタンホールに挿されていた薔薇の花をつかみ取った。

「たった一本の薔薇じゃないの」グレースはささやくような声で言い返した。

「なるほど、きみの父親がだまし取った三百万ポンドと比べれば、薔薇一本などなんでもない」

「ああ」公爵の辛辣《しんらつ》な指摘に父の罪の重さを改めて痛感し、グレースは絶望のうめき声をあげた。「確かにいけない行為だけれど……」

「いけないどころではない、犯罪行為だ」

彼の声は穏やかで、口もとには笑みも浮かんでいたが、グレースはだまされなかった。ハビエルは、テリトリーに侵入した哀れな獲物に襲いかかろうとしているライオンだ。

「ごめんなさい」そんな言葉で許されるものではないと自覚していた。父が架空口座に入れた金は合計三百万ポンドにもなっていた。グレースはこみあげる涙を必死にこらえた。

父は今、鬱状態に陥っているが、ルーレットで幸運をつかめば銀行に金を返せると考えていたころは躁《そう》状態だった。そのうちに事態を把握できなくなり、あとは転落の一途をたどったのだ。

「父が悪いことをしたのはわかっています。でも理由があったのよ」

「もちろん理由はあっただろう」ハビエルはうんざりしたように言った。「裁判官に話すといい」

そのとき、デスクの上の電話が鳴り、ハビエルは受話器を取りあげ、グレースに向かって冷たい笑みを浮かべてみせた。警察の到着を知らせる電話だと直感でわかり、グレースはうろたえた。父に対する寛大な処置を嘆願する唯一の機会をむざむざ逃すわけにはいかなかった。

受話器を戻すなり、ハビエルは冷ややかに言った。「お会いできてうれしかったよ、ミス・ベレズフォード。だが、そろそろ帰ってもらおう」

「お願い！　聞いてちょうだい。父は――」

「裁かれるだけのことをしたんだ」

すでにハビエルはドアの前に立っていた。そのしぐさで彼の忍耐が限界寸前なのがわかったが、グレースも必死だった。

「父は病気なの。精神的に病んでいるのよ。自分のしていることがわかっていなかったの」

「やめてくれ。アンガス・ベレズフォードは自分の地位を悪用し、この一年半、架空口座へ金を移し続けていた。計画的な犯行だ」

ハビエルがドアの取っ手をつかむや、グレースは彼とドアの間に身を滑りこませた。

「ほかに方法がなかったのよ。お願い、五分だけでいいから話を聞いて。父があんなことをした理由を説明したいの」一瞬、ハビエルに押しのけられるに違いないと思った。しかし、あざができるほど強く手首をつかまれたところで、ドアがノックされた。

「なんだ？」ハビエルがスペイン語でぶっきらぼうに尋ねた。その問いかけや、警官が玄関で待っているという使用人の言葉をグレースが理解できるとは思っていないようだった。

失敗だわ。彼女はぼんやりと考えた。もう父を刑務所行きから救う手立てはない。急に疲労を覚え、ずっとこらえていた涙が頬を静かに流れ落ちた。

3

女は涙さえ見せればうまくいくと思っている。ハビエルは軽蔑《けいべつ》のまなざしで、グレースの頬を伝う涙を見つめた。都合のいいときに涙を流せる女性の手管には驚かされるばかりだ。

三十五歳のハビエルは、あらゆる面でスピーディな生活を楽しんでいた。速い車、そして女性との迅速な交際。つき合いが始まる前に、ひと晩かふた晩、気晴らしに関係を結んだことさえある。そうした中で、望むものを手に入れようと画策する狡猾《こうかつ》な女性の姿をいやというほど見てきた。とりわけ、涙を武器に何かを得ようという魂胆にはうんざりしていた。

なのに、目の前の女性の涙を見て、まるで腹にナイフを突き立てられたような気持ちになるのはなぜだ？　涙のにじんだ濃いブルーの瞳がこれほど胸に迫ってくることがハビエルは気に入らなかった。彼女を胸に抱き寄せ、シルクのような茶色の髪に指を差し入れたくなるなんて、どうかしている。

すぐに彼女を追い払わなければ、とハビエルは自分に言い聞かせた。警察に引き渡し、不法侵入の罪で訴えるべきだ。なぜためらう？　彼女の素性を知ったときから、ハビエルの感情は、怒りと本能的な衝動とのはざまで揺れていた。そしてその衝動のせいで彼女から目をそらすことができなかった。

悪態をつき、ハビエルはグレースの口もとに視線をとどめた。キューピッドが持つ弓のような曲線を描く形のいい唇はピンク色で、いかにも柔らかそうだ。ハビエルの下腹部はたちまち反応した。

ハビエルの好みは、長身で長い脚と豊かな胸を持つ、優雅なブロンド美人だった。もっとも、彼がこれまでつき合った女性たちが自慢していた体はすべて美容整形のたまものだったが。一方、グレースは小柄で細身の、控えめな女性だ。金色がかった茶色の髪は、賭《か》けてもいいが、生来の色だろう。すぐれた美容師のおかげではない。

特に目を引く顔だちではないが、なぜか安らぎを覚える。驚くほど青い目が何か言いたげだからかもしれない。この下腹部のうずきは、さっき彼女が見せた、セクシーで謎《なぞ》めいた微笑のせいだろう。なんにせよ、迷惑このうえない。ハビエルは自嘲《じちょう》した。

「きみに二分間与えよう」ハビエルは冷たく言い、何気なく窓辺に移動した。「だが、あらかじめ断っておく。きみのお父さんが銀行の金に手をつけた理由はすでに知っている。ぼくの信頼を裏切った言いわけにはならない」

「父がギャンブルにおぼれていたのはご存じでしょう?」グレースは訴えずにはいられなかった。「どうしようもなかったの。父はいわば、オンライン賭博《とばく》の被害者だわ」

「それはお気の毒に」

ハビエルのあざけりに腹を立て、グレースは部屋を突っ切り、彼の目の前に立った。

「父は悪人ではないわ。立派な人よ」

ハビエルが眉を上げ、不信の念をあらわにする。

「数年前、投資に失敗して、大金を失ったの」

「無謀なきみの父親のせいで、どうしてぼくが苦しまなければならないのか、理解できない」

「父は切羽つまっていて、重病の母を助けるためには、なんでもするつもりだったの」

それでも、ハビエルの無関心な表情にはいささかの変化も表れない。理解してもらえなかったのだ。グレースは絶望感に襲われ、両手で顔を覆った。

もう時間切れだと思いつつも、彼女はしどろもどろに続けた。「ギャンブルしかお金を工面する方法がなかったのよ。悪いことに、一、二度、勝ったから、それが続くと思ってしまったんでしょうね。挙げ句の果てに借金だけが増え、母は亡くなって、父は打ちのめされた。金目のものは家しか残らなかったわ。それさえ債権者に奪われそうになったけれど、父は……わたしのために必死に持ち続けた」かすれた声で言い、指で涙をぬぐう。

「父が銀行のお金を横領したのは、家を手放さないためだったの。わたしがあの家を大好きだと知っていたから」グレースは口を閉じ、手の甲で目をこすった。心臓が石でできているに違いない男性の前でもう泣きたくなかった。

ハビエルはつまらなそうに言った。「感動的な話だ。いくらかは真実もまじっているんだろう。アンガスがきみのために盗みを働いたという点は信じられる。きみは贅沢《ぜいたく》な趣味の持ち主のようだからね」

「どうしてわたしの趣味がわかるの?」グレースは憤慨して問いただした。

ハビエルは頭を疑うと言いたげに軽蔑のまなざしを彼女に向けた。「当然、身辺調査をさせてもらった。きみについてはなんでも知っている」彼は冷ややかに指摘した。「馬術大会に出すサラブレッドを二頭飼っている」反論しようと口を開いたグレースを目で制して続ける。「名門女子校で個人教授を受け、大学在学中は、学生用の下宿ではなく、豪華なアパートメントで暮らしていた」

「部屋代は、祖父母がかけてくれた保険を解約して、自分で支払ったわ」グレースは硬い声で説明した。地殻の下で渦を巻く溶岩のように激しい怒りがふつふつとわいていた。今にも爆発しそうだったが、ハビエルに食ってかかった瞬間、父を救う機会は失われてしまう。彼女はぐっとこらえた。「それに、学位をとるために猛勉強をしたのよ」

「美術史だったかな? さぞかし役に立っていることだろうな」

侮蔑のにじむ声に、グレースは彼に平手打ちを食わせたくなった。「ええ。今の仕事にはとても役立っているわ」冷たく言い放つ。「わたしのことをよくご存じのようだから、アンティーク店を経営していることも知っているわよね？」

「故郷のブライトンにきみが小さな店を持ち、お店屋さんごっこを楽しんでいるのは知っている。だが、果たして〈すてきな宝物〉が繁盛していると言えるかな？」グレースが眉をひそめるのを見るや、ハビエルは意地の悪い笑みを見せた。「何しろ、経費が売り上げを上まわっているんだからな。きみには商才が足りない」

「確かに予想より利益は出ていないけれど、アンティークの世界で評判をとるには時間がかかるのよ」始めたばかりの仕事に対するハビエルの痛烈な指摘に、グレースは頬を染めた。故郷で店を開く前、彼女はロンドンの有名なオークション会社で目録制作の副担当として楽しく働いていた。しかし、恋人のリチャード・クウェンティンに裏切られて婚約を破棄し、ブライトンに戻った。そして父の援助を得て〈すてきな宝物〉を開店したのだ。最初の年は、支払いをすませたら運転資金がほとんど残らず、父の厚意に甘えたこともあった。

父は、母と娘に贅沢な暮らしをさせるのを喜びとしていた。ところが、父が与えてくれた快適な暮らしは不正な金で賄われていたのだ。

屈辱と無念さを噛《か》みしめながらグレースは視線を上げた。無表情にこちらを見るハビエルの琥珀《こはく》色の目は半ば閉じられ、何を考えているのかわからなかった。「今回の事態はわたしにも責任があるわ。父が銀行のお金を盗んだのは、母の治療代を賄うためだけでなく、わたしに今までどおりの生活をさせるためでもあったのだから。わたしが今どんなにみじめな気持ちか、あなたにはわからないでしょうね」

「生活の質が落ちるのを心配しているのか？」ハビエルは見下したようにゆっくりと言った。「収入源を失えば、きみはさぞ困るだろう。だが、ぼくの銀行はこれ以上、手癖の悪いきみの父親に協力して、きみの浪費の穴埋めをするつもりはない」

「父のしていることをわたしも知っていたと言いたいの？」グレースは怒りに声を震わせた。

「きみが知らなかったなどと誰が信じる？　ぼくはばかではない。きみはその小さな手で父親を操っていたんだ」ハビエルは唇を引き結び、冷酷なまなざしでグレースを眺めた。「きみはお父さんに甘やかされて生きてきた。そして今、好き勝手にできるお気楽な世界が崩壊し、パニックに陥っている」

ハビエルは容赦なく問いただした。

「ここに来て何をするつもりだった？　大金を横領しておきながら、ぼくを丸めこんで見逃してもらおうと思ったのか？　その涙は父親には有効かもしれないが、ぼくにはなんの効果もない」ハビエルは壁の時計を見た。「約束した時間は終わった」

「ここに来たのは、父が横領したお金を返すと言うためよ」グレースは必死だった。「家と店の売却価格が決まったの。その代金に母の遺産を加えれば二百万ポンドになるわ」

「残りの百万ポンドは？」

「わたしはスペイン語が堪能《たんのう》なの。完済するまで銀行で働けるわ」ハビエルの顔にあざけりの笑みが浮かぶのを見て、グレースは急いでつけ加えた。「もちろん無給で」

「おやおや《ディオス》！　ぼくがきみをエレーラ銀行に近寄らせると思うか？　金庫に手を突っこむベレズフォードはひとりで充分だ。それに給料なしでどうやって暮らすんだ？　利子を割り引いたとしても、何年も働かなければ百万ポンドにはならない。ばかばかしい」ハビエルは険しい目で彼女を見つめた。「きみが何を言おうと、興味はない」

目の前の男性は人間の顔をした悪魔だと思う一方で、グレースは全身に震えが走るのを抑えられなかった。いったいどうしたの？　よりによってこんな人のせいで、まともに頭が働かなくなってしまうなんて。たぶん、ハビエルが罪深いほどセクシーな男性だからだ。

グレースは、彼の豊かな黒い髪から、薄手のシャツの下に見える筋肉質の胸へと視線を走らせた。

あのシャツのボタンを外して肩から脱がせ、褐色の肌に指を這《は》わせたい。グレースは自分らしからぬ激しい思いにとらわれた。けれど、欲望に身を任せている場合ではない。父を刑務所行きから救うことに集中しなくては。ハビエルを見て胸がときめいても、無視するのよ。「服役することになったら、父は精神的にまいってしまうわ」グレースは小声で言った。「母の死で、父は失意のどん底に落ちたの。きっとこれ以上の苦難には耐えられないわ。自ら命を絶つかもしれない。だから、どうか寛大な措置をお願いします」グレースは唇を噛んだ。涙を見せてもなんとも思わないと言われたばかりだ。取り乱してはいけない。「父を起訴しないでくださるなら、なんでもするわ」

「なんでも?」おもしろがるようにハビエルの眉が上がった。「昔ながらの方法でぼくにサービスを提供してくれるというのかい? 情熱的な夜を何度過ごせば百万ポンドになるのかな?」ハビエルはゆっくりとグレースの体を眺めまわし、真っ赤に染まる頬に、それから激しく上下する胸に目を留めた。

「そういう意味じゃないわ!」グレースはぴしゃりと言った。「どうにか取り決めができないかと思ったの……」そこで彼女は口を閉じた。体以外に大富豪に差しだせるものなど持っていないことに気づいたのだ。とはいえ、体を差しだすと思われるなんて、なんという屈辱だろう。たとえ一瞬たりともそんな話に心が動くはずないのに。彼と接近しすぎていると感じ、グレースは力なく目を閉じた。

ハビエルの清潔でさわやかな香りにアフターシェーブローションのエキゾチックなムスクの香りがまじり、グレースの鼻をくすぐった。熱い血が全身を駆け巡り、無意識のうちに体が揺れて彼に近づく。すると、情熱的なぬくもりが彼女を包んだ。

「ぼくとベッドをともにするのはそんなにつらいことではないようだな」ハビエルは甘い声でささやき、金色の目を光らせた。「思わせぶりに誘うその熱い瞳を見れば、きみを喜ばせるぼくのほうこそ金を払ってもらうべきかもしれない」

〝喜ばせる〟という言葉がこれほど官能的に耳に響いたのは初めてだった。グレースは鋭く息を吸った。「そんなことはないわ」反論するなり慌ててあとずさったものの、ハビエルに指で顎を持ちあげられてしまい、視線を合わせるしかなかった。

「ぼくにははっきりわかる。ぼくを見るときみの目は陰りを帯びてコバルト色になり、唇が誘うようにわななく。ぼくのキスを求めているんだ」ハビエルの声はベルベットのようになめらかだった。「お互い、相性がいいと気づいている。生き抜くためにはもっと悪い仕事をせざるをえない場合もある」

本気なの？　グレースは激しく動揺した。幾晩かかるかわからないけれど、父の負債を完済するまで、愛人になれということ？　だけど、もしベッドでの献身的な奉仕を期待されているとしたら、未熟なわたしは残りの人生をすべて返済に費やさなければならない……。そもそも、こんな提案にちょっとでも気をとられるなんて、わたしはどうかしているわ。

「申しわけないけれど、あなたのベッドのお相手をするつもりはないわ」グレースはきっぱりと告げた。ハビエルの顔に浮かぶにやけた笑いをむしり取りたかった。「死んだほうがましよ」

ハビエルが低い笑い声をたて、グレースの怒りをあおった。

「それは好都合だ。生《い》け贄《にえ》のおとめに興味はない」

グレースは目をしばたたいた。頬が赤らむ。どうしてわたしがバージンだと知っているの？　まさかわたしの額に書いてあるわけでもないでしょうに。

「これまでセックスを取り引きに使ったことはないし、今から始めるつもりもない」ハビエルは横柄に言い放った。そしてグレースの肩をつかんで、彼女をドアのほうへと導いた。「これ以上、貴重な時間を無駄にされたくない。家に帰って、いい弁護士でも雇うんだな」

口を閉じているべきだと良識ではわかっていても、怒りのあまりグレースは体面などうでもよくなった。自尊心をずたずたにされ、これほど腹立たしく感じたのは生まれて初めてだった。「本当に血も涙もない人ね」父を救えなかった失望もあらわに、彼女は怒りに任せて吐き捨てた。「悪いことをしたと、父本人もわたしも承知しているわ。父を見たら、ひと目で父が罪の重さに打ちひしがれているのがわかるわ。父は愛をまっとうするために銀行のお金に手を出したの。ほかに方法がなかったから」母が亡くなるまでの数週間の苦悩と、希望を失った父の姿を思い出し、グレースは声を震わせた。

だが、うんざりしたようなハビエルの表情を見て、グレースはついにあきらめた。

「あなたには本当の人生がどんなものかわかっていないのね。裕福な家に生まれ、この城でふんぞり返っていればよかったんだもの。でも、お気の毒だわ」グレースは辛辣《しんらつ》に言った。「あなたは人を愛したことも、人に愛されたこともないはずよ」

「そうかもしれない」しかめっ面をしたものの、ハビエルはドアを開け、グレースを廊下へと押しだした。そして真っ白な歯を輝かせて大きな笑みを浮かべ、おもしろがるように眉を上げてみせた。「だが、ぼくにとっては、そうした淡白な人間関係こそが理想なんだ。さようなら《アディオス》」

「待って!」グレースは閉まりかけたドアの隙間《すきま》にすばやく足を押しこんだ。ハビエルなら強引にドアを閉めて簡単に彼女の骨を砕けるだろう。それでも彼女は必死に訴えた。

「ひれ伏して頼みこめばいいの? 父を助けるためならなんでもするわ」

グレースはプライドを捨ててひざまずいた。

「父を刑務所に入れるわけにはいかないの。わたしにも、あなたの役に立てることが何かあるはずよ。料理でも、掃除でも……」何キロも続いているように見える石張りの廊下を眺める。「床磨きだってするわ。きつい仕事でもなんでもします……不道徳でないことなら」グレースは血の味が口の中に広がるまで唇を強く噛みしめ、どうかチャンスを与えてと願いながら、ハビエルを見あげた。

不意にハビエルの顎がこわばった。金色の目がグレースの肌を焦がす。その視線は彼女の黄色いサンドレスをさまよい、細い肩ひもから、胸のふくらみを包む、レースの縁飾りがついた身ごろへと移った。

まるで尼僧から嘆願されているようだ、とハビエルは苦々しげに思った。常識で考えればまがいものに違いないとわかっているだけに、グレースの清純な雰囲気に興味をそそられる。調査報告書によれば、グレースにはつき合っていた男がいた。五歳ほど年上のリチャード・クウェンティンという保険ブローカーで、ロンドンでは女たらしとして評判だった。

その男と、グレースは短期間だが婚約していたという。親密な間柄であったことは間違いない。なのに、なぜバージンのように恥ずかしがったりするのだろう？　もっとも、ぼく自身もどうかしている。グレースをさっさと追いやらないどころか、柔らかな唇を味わいたいなどと願っているとは。

ハビエルは語気鋭く尋ねた。「どうしてここに来た？　ほかの裕福な男性に……」そこでわざとらしく口を閉じ、グレースの胸を眺める。「たっぷりとサービスをしてやればいい」

「なんのことかさっぱりわからないわ」グレースは冷ややかに応じた。「とにかく家を売りに出すから、銀行のローンの担保にするものはないの。ほかに手立てがないのよ。でも、父が横領したお金はすべて返します。最後の一ペニーまで」気持ちを動かされた気配のないハビエルを見て、言い添える。「今はまだその方法がわからないけれど、必ず返済するわ。時間をください。なんとか示談で解決したいの」

足もとにひざまずくグレースの姿を見て、なぜかいたたまれなくなり、ハビエルは悪態をついて彼女から離れた。身勝手な女だと理性ではわかっていた。贅沢な暮らしをするために、銀行の支店長である父親に悪事をはたらかせた女だと。だが、なんと美しいのだろう。あの大きなサファイア・ブルーの目で見つめられると、まともにものを考えられなくなってしまう。それに勇気がある。父親を愛しているからこそ嘆願に来たのだろう。尊敬にも同情にも値しない女性のはずなのに、心ならずもハビエルはグレースに好感をいだき始めていた。

そのとき突然、ある考えが脳裏に浮かび、彼の心を強くとらえた。料理人も掃除人も必要ないが、グレースを活用する方法がある。しかも不道徳ではない。彼女が口にした条件を思い出し、ハビエルの口もとに皮肉な笑みが宿った。

「立ちたまえ」震える脚で立ちあがる彼女を見て、ハビエルの胸に奇妙な感情がわきおこった。「きみは先ほど、お父さんの起訴を取り下げれば、なんでもすると言ったな?」

「ええ」グレースの胸に希望が芽生え、ハビエルを見つめる。「なんでもするわ」

二人の間に張りつめた沈黙が流れ、しばらくしてハビエルが口を開いた。

「だったら、ぼくの妻になることに異存はないね」

一瞬、グレースは足もとの床が揺らいだ気がした。苦しげに息を吸い、やっとの思いで喉から声を絞りだす。「もちろん、冗談よね」厳しい現実が胸を突き刺し、目に涙がにじむ。父が横領罪で訴えられた当初、ハビエル・エレーラに頼めば示談に持ちこめると楽観していた。だが、今にも彼の嘲笑《ちょうしょう》が聞こえてきそうだ。地にはいつくばって死んでしまいたいと思ったとき、ハビエルの言葉が聞こえ、彼女ははっと顔を上げた。

「冗談ではない。事情があって、ぼくは誕生日までに妻を見つけ、一年間、結婚生活を続けなければならない状況に置かれている」ハビエルはぶっきらぼうに言った。

「誕生日はいつなの？」放心状態のままグレースは尋ねた。

「三カ月後だ」ハビエルは探るように彼女を見た。

「かなり差し迫っているわね」この会話をはじめ、何もかもが現実のこととは思えない。まるで『不思議の国のアリス』の世界に迷いこんだようだ。

二人の間に官能的な空気が漂い始めたことに気づき、グレースは落ち着きなく唇をなめた。エレーラ公爵は自分の手に負えない気がして、逃げだしたくなる。それを見透かしたかのように、ハビエルが有無を言わさぬ口調で言った。

「座ってくれ、ミス・ベレズフォード。いや、婚約したのだから、グレースと呼んだほうがいいな」

「まだ承諾していないわ」彼の傲慢《ごうまん》な態度に腹を立て、グレースは言い返した。

ハビエルは冷淡に応じた。「きみにはほかに方法がないと思うが」

「そうよ。だけど、それはあなたも同じでしょう」グレースは椅子に深く腰かけ、気持ちを落ち着かせようとした。ハビエルの冷淡さの裏にはいらだちが隠れていると彼女は直感した。理由は知らないが、短期間のうちに妻を見つける必要に迫られているのだ。ハビエルもわたしを必要としているのは確かだ。そうとわかれば交渉を有利に運べる。「どうして結婚しなければならないの？」

答えるつもりがないのではないかとグレースが思った矢先、ハビエルの表情がこわばり、高い頬骨が浮きだして、目に怒りの炎が燃えあがった。

「祖父の遺言で、妻が決まらなければ、エレーラ銀行の経営権をいとこに譲らなければならない」彼は苦渋のにじんだ声で言った。

「あなたにとって銀行はとても大切みたいね」

「唯一の大切なものだ。相続権はぼくにある」

「そうなの」グレースはうなずき、ためらったすえに言葉を継いだ。「あなたは女性に不自由していないんでしょう？　なぜそのうちのひとりに結婚を申しこまないの？」

「別れるときに途方もない大金を払わなければならないからだ」

身もふたもないハビエルの答えを聞き、グレースは顔をしかめた。

「結婚はビジネス上の契約にすぎない。女性はたいてい、〝結婚〟と聞くと、くだらない

れほど自分が特別だと思う根拠は何かしら？」

愛という概念と結びつけて考えるようだが」

「誰かを選んで、その人に愛されたら困るというわけね」ようやく事情がのみこめ、グレースはあっけに取られた。「あなたの傲慢さには驚かされるわ。それほど自分が特別だと思う根拠は何かしら？」

「莫大《ばくだい》な財産だ」ハビエルは平然と答えた。「まだ若いうちに、女性を興奮させるものは金と権力だと学んだ。きみがここへ来たのもそのためだ。地位を悪用してぼくの信頼を裏切った泥棒の赦免を願い出ている」

グレースはかっと頬が熱くなった。「違うわ。言ったでしょう。父は自暴自棄になっていたの。選択の余地はなかったのよ」

ハビエルが立ちあがり、デスクをまわってグレースに近づいてきた。そのとたん、彼の魅力に圧倒され、グレースの心臓は早鐘を打ちだした。

彼はデスクの縁に腰かけ、グレースと視線を合わせた。「誰にでも選択の余地はある」強い抑揚を持つ声がグレースの心を乱す。「きみが人生の一年間をぼくにささげる選択をすれば、お父さんは起訴を免れ、実刑判決を受けることもない」

彼はすぐ近くにいるため、目のまわりのしわ、長いシルクのような黒いまつげがはっきり見えた。虎《とら》の目だとぼんやりと考えながら、グレースは琥珀色に輝く瞳に魅せられた。

そして、気づいたときには、セクシーな口もとに視線を走らせ、彼とのキスはどんな感じがするだろうと想像していた。

「とてもできそうにないわ」グレースは我に返って首を横に振った。「結婚は、神の前で永遠の愛を誓う神聖なものよ。あなたの提案は……不道徳だわ」

「三百万ポンドを盗むのは不道徳ではないというのか？」ハビエルは皮肉をこめて言った。

「ぼくなら、きみの望みどおり、お父さんが実刑を受けないよう取り計らえる。床を磨くより、エレーラ公爵夫人になるほうがいいだろう？」

「嘘《うそ》をつくのはいやだわ」

ハビエルのあざけりに満ちた疑いの目を無視してグレースは言った。でも、ほかにどうすることができるというの？　結婚を承諾しなければ、父が刑務所に送られるのは間違いない。ここはハビエルが急いで妻を見つけなければいけない点を利用し、機転をきかせてうまく進めよう。

「わかりました。あなたのビジネス上の提案を受け入れて、一年間、妻になるわ。代わりに、あなたの財力で父の負債をすべて清算してほしいの」激しい鼓動を悟られないよう、できるかぎり平静な声で言う。「それに、父を告発しないという念書を書いて。そうすれは、妻になります」

ハビエルはすばやくグレースの座る椅子の肘置きに手をつき、彼女の動きを封じた。

「ずいぶん強気に出たものだな。だが主導権はぼくにある。虚勢を張るきみに嫌気が差し、一ペニーも払わずにほうりだしたらどうする？」

ああ、そうするつもりじゃないわよね！　グレースは震えがちに息を吸い、彼の燃えるような視線を受け止めた。「そんなことできないわ」不安を押し隠し、穏やかな声で言う。「あなたもわたしが必要なはずよ。わたしなら、あなたと同じく、結婚第一日目から離婚の日を指折り数えて待つと保証できるわ。あなたを愛することは絶対にないもの」グレースは反抗的に顎を上げ、ハビエルから少し離れた。

屈服させようとする彼の力を感じたが、グレースはおびえるまいとした。妻として一年間だけ耐えれば、そのあとは自由になれる。

グレースは二人の間で火花が音をたてて散っているような気がした。ハビエルの体から熱が伝わってくる。もし腕を彼の首にからませて唇を重ねたら、彼はどうするだろう？

官能的な熱がグレースの全身を包む。ハビエルの目を見て、彼も欲望を感じていることに彼女は気づいた。ハビエルがゆっくりと顔を寄せてくると、グレースははっとして息を吸った。キスを予想してまぶたを閉じた瞬間、ハビエルに髪をつかまれて顔を上げさせられ、彼女は目を見開いた。

驚くグレースを見て、ハビエルの口もとにゆがんだ笑みが浮かんだ。「きみはかよわい花かと思ったが、違うようだな。繊細な美しさの奥に、ぼくと同じしたたかな心が潜んでいる」

グレースが反応する間もなく、当然の権利のように、ハビエルはいきなり唇を重ね、すぐに離した。

彼はグレースを放して体を起こし、金色の目で見下ろした。「契約成立だ。準備が整いしだい結婚する。楽しい一年になりそうだ」

恐怖に心臓を凍りつかせながらも、グレースは立ちあがり、ハビエルに冷ややかな視線を注いだ。唇がひりひりする。腫《は》れた唇に舌を滑らせたかったが思いとどまった。「わたしの人生でいちばんひどい一年になるに違いないわ」

「大金持ちの妻になれば何かしら埋め合わせが見つかるさ。好きなだけ買い物をすればいい」無造作に言い、ハビエルはデスクに戻った。それから、あなたのお金を使うくらいなら死んだほうがいいとグレースが言い返す間もなく、電話をかけ始めた。

妻探しの問題を片づけ、さっそく仕事に戻ったのね、とグレースは胸の内でつぶやいた。役所で結婚の手続きをする日まで、わたしに用はないということだろう。とにかく父は刑務所行きを免れる。これからの一年は、その喜びをせめてもの慰めにしよう。

グレースはゆっくりと戸口に向かったが、ハビエルのぶっきらぼうな声に足を止めた。

「どこへ行くつもりだ?」

横柄な態度に腹が立つ。しかし、ここでハビエルに怒りをぶつけたら、元も子もなくなる恐れがある。グレースはそう思って自重し、おずおずと笑みを浮かべた。「車でグラナダに戻り、そこで待機するわ。それともイギリスで連絡を待つべきかしら?」

「いや」ハビエルは冷たい声で答えた。「すぐにマドリードに出発する。きみも来るんだ」

4

マドリードにあるエレーラ銀行のオフィスで、ハビエルは長い間グレースを待たせていた。

「ミス・ベレズフォードが、一日じゅうオフィスの前で待たなければいけないのかとお尋ねですが」

当惑を隠せない様子で、秘書のイザベル・サンチェスがインターコムを通して問い合わせてきた。

ハビエルはパソコンの画面から目を離さずに答えた。「この書類を仕上げるまでそこにいるよう伝えてくれ」そんなに退屈なら帰れ、きみの父親ともども法廷で再会しよう。そう言ってやりたい衝動を、ハビエルはかろうじて抑えこんだ。

アンガス・ベレズフォードの債務を免じるという、多大な恩義をグレースには施した。当然、礼を言うべきなのに、マドリードまでの四十五分間のフライト中、彼女は家に帰りたいと文句の言いどおしだった。彼女との結婚は大きな過ちだったのかもしれない。美しいが、これほど口やかましいとは。

ハビエルは書類全体を見直してからディスクに保存した。だがその間も、可憐《かれん》なグレースの顔と、涙のにじんだ大きなブルーの目が頭から離れなかった。彼はいらだたしげに立ちあがって窓辺に歩み寄った。

眼下に、晩春の太陽が照りつけるマドリードの街並みが見える。ハビエルは首都の喧騒《けんそう》が好きだった。当然ながらエレーラ銀行の本部はこの大都会の中心部に位置している。マドリード郊外にあるアパートメント最上階の豪華な自室で過ごす時間も悪くない。だが、ハビエルの心はいつもアンダルシアにあった。家と呼べるのは獅子《しし》城だけだった。

生まれてからの十年間、サーカス一座の薄汚れたトレーラーで暮らしていたため、ハビエルは最初、城の広さと風格に圧倒された。子供のころは、ムーア様式の壮麗な要塞《ようさい》の歴史を学ぶより、広い部屋、広大な土地の探検を楽しんだ。

自分の属する場所があると知ったときのうれしさは今でも忘れられなかった。祖父から、獅子城はハビエルが受け継ぐ場所だと言われた。もう旅を続けなくてもいいし、野犬のように食べ物をあさらなくてもいい。母が恋人たちをもてなし、父が麻薬を求めてどこかへ行っている間、トレーラーの階段で身を縮めているみじめな生活と縁を切れたのだ。

裕福な家に生まれた人間に本当の人生はわからないとグレースに非難されたことを思い出し、ハビエルの顎が引きつった。彼女は何も知らない。ぼくがどんな場所で暮らしていたか、想像もつかないだろう。自分だけが頼りの厳しい世界。抜け目なく行動しなければ、一日とて無事に過ごせなかった。

人生の最初の十年で知った貧困、飢え、恐怖、孤独は、二十五年たった今でも夢に出てくる。幸い、強い生存本能と不屈の精神を持ちあわせていたおかげで、今のハビエルがある。恵まれた生活を送ってきたわがままなイギリス人女性に、不快な思いをさせられるのはごめんだった。

とはいえ、グレースを追いたてるようにして獅子城を出発したあと、ホテルに寄って急いで荷物をまとめさせ、自家用ジェット機に乗せたのだ。しかも、もう二時間も秘書の事務室に座らせている。彼女は今、不安でいっぱいだろう。ハビエルはしかめっ面をしてデスクに戻り、インターコムに話しかけた。

「イザベル、ミス・ベレズフォードに入るよう言ってくれ」

グレースがハビエルの豪華なオフィスに入っていくと、彼はデスクの前に座って書類に視線を落としていた。ためらいがちに近づくグレースには目もくれない。

「なんだ？　重要な会議があり、そのあと書類を作成しなければいけないと言っておいたはずだ。きみはいつもそんなに気が短いのか？」

身をすくめながらも、グレースの胸は高鳴っていた。ハビエルは横柄だけれど、たまらなくセクシーだ。父の運命を握られているというのに、初めて恋を知った女子学生みたいに見つめることしかできない。オフィスの外に荷物さながらにほうりだされていたにもかかわらず。

初めて彼のスーツ姿を見たから面食らっただけよ、とグレースは自分に言い聞かせた。エレーラ銀行の本部に着くとすぐ、ハビエルは自分のオフィスに姿を消した。会議の前に着替えとシャワーをすませたのだろう。仕立てのいいグレーのスーツで広い肩が強調され、青いシャツとネクタイが、金色がかった褐色の肌を引き立てている。洗練されたフォーマルな装いだが、その下には野性味あふれる男性の魅力が見え隠れしていた。

「気が短いですって？」グレースは憤然としてきき返した。「あなたのせいで、持ち物をまとめる時間もろくに与えられず、このマドリードまで引っ張られてきたのよ。ここに来なければいけない理由も知らされないまま。わたしをオフィスの飾りにでもするつもり？」

「きみをここに連れてきたのは、今夜、マドリードの経済界の有力者や上流階級の面々が集まる盛大なパーティに一緒に出席するためだ」ハビエルはグレースを一瞥《いちべつ》し、紅潮した頬に視線を留めた。「その前に買い物に行こう」

数時間後、ハビエルは不機嫌な声で言った。「早く車から降りるんだ。ふくれっ面もやめろ」

グレースは彼をにらみつけた。「ふくれっ面なんかしていないわ。考えをまとめているだけよ」彼女はいらだたしげなハビエルの目をちらりと見た。ようやくまとめた考えは口に出さないほうがよさそうだ。結婚の取り決めをしてから一日もたっていないのに、すでに人生を自分で制御できなくなっている。それが不快でならなかった。「あなたは嵐《あらし》のように猛然と動きまわるのが楽しいらしいけれど、とてもついていけないわ」

「五秒以内に車から出てエレベーターに乗ってほしいだけだ。それとも肩にかついで運んでほしいのか?」ハビエルはうなるように言い、反抗的なグレースの表情を見て顔をしかめた。

「わたしを操ろうとするのはやめて!」グレースの血管を怒りが駆け巡った。これだけでも、自分が普通の精神状態でないことがよくわかる。穏やかで落ち着いた女性だと見られてきたのに、ハビエルのせいで短所が表面に出てきたらしい。

射すくめるような彼のまなざしに、グレースはしぶしぶ車を降り、地下駐車場を歩いてエレベーターに向かった。この数時間というもの、グレースは気もそぞろで、足が地についていなかった。マドリードでも屈指のホテルで開かれる今夜のパーティは、婚約を発表する絶好の機会だとハビエルは言った。このときばかりは彼もマスコミの注目をありがたく思ったようで、三週間後に挙げる結婚式に関する発表の準備をはやばやとしていた。

そんなに早く結婚すると思うと鼓動が苦しいほど速くなり、グレースは二の足を踏んだ。

しかし、ハビエルは彼女の不安を一蹴《いっしゅう》し、思いどおりに進めた。何がなんでもグレースを妻にしてエレーラ銀行の経営権を名実ともに握るつもりなのだ。

その日の午後は、街の高級ブティックを巡り、ハビエル自ら、エレーラ公爵夫人にふさわしいデザイナーズ・ブランドのドレスや衣類を選んだ。何も受け取りたくないと拒むグレースに、彼は意地悪く指摘した。彼女のために支払った百万ポンドに比べれば、数千ポンドの服などはした金にすぎない、と。

その言葉でグレースは何も言えなくなった。わたしは悪魔に魂を売ったのだ、と絶望感に襲われた。父は負債と実刑を免れるけれど、わたしは丸一年、ハビエルにとらわれることになる。

あとから袋や箱をたくさん抱えてエレベーターに乗りこんできたハビエルにグレースは言った。「必要ないって言ったのに、こんなにたくさん服を買うなんて。わたしだって服くらい持っているわ」

ハビエルはエレベーターの最上階のボタンを押した。「はっきりさせておこう、いとしい人《ケリーダ》」

彼が思い入れたっぷりに口にした愛情表現は、グレースには侮蔑《ぶべつ》にしか聞こえなかった。

「今後一年間、遺憾ながら、きみはぼくの妻になる。おおやけの場では、みすぼらしい女子学生ではなく、公爵夫人にふさわしい行動と服装をしてくれ。わかったか？　プライベートでは何をしようが勝手だ。裸で歩きまわってもいっこうにかまわない」

怒りのこもったハビエルの視線が不意にやわらぎ、口もとに笑みが浮かんだ。グレースの心が騒ぐ。

「それが二人の関係に絶妙のスパイスを与えてくれるかもしれない」ハビエルは甘い声でささやいた。

「ありえないわ」グレースはどぎまぎしながら言った。胸の高鳴りは気にしないよう努める。「〝みすぼらしい〟ってどういうこと？　この格好のどこがいけないの？」そうは言ったものの、エレベーター内の鏡に映る自分の姿を見て彼女は顔をしかめた。かわいいサンドレスだが、決してエレガントではない。ハビエルの秘書や、試着を手伝ってくれた店員に比べれば、とうていおしゃれとは言えなかった。長い髪は頭の上でまとめていたが、後れ毛がほてった頬のまわりで躍り、成熟した女性というイメージからはほど遠い。まるでおてんば娘だ。

これから身につけなければいけないことは深遠な学問並みだわ。暗い気分でそう考えながら、グレースはエレベーターを降り、ハビエルのあとに続いた。

ハビエルのアパートメントはマドリード王宮にほど近い由緒ある建物だった。ところが外観とは対照的に、部屋はよけいなものをそぎ落とした現代風の内装で、明るく風通しがよかった。淡い色彩のフローリングに大きな窓から陽光が降り注いでいた。

まさしく独身者の住まいだわ。グレースは自然な色の壁と家具を見まわして思った。ところどころに真紅や紫のクッションやラグで巧みにアクセントを添えてある。キッチンの花崗岩《かこう》の作業台とステンレスの器具にデザイナーのセンスが光っていた。

持ち主と同様、みごとな造りだが、人間味が感じられない。グレースは、元気だったころの母が選んだチンツのカバーの椅子がある、居心地のよい我が家が恋しくなった。だけど、あの家は売却されてしまう。今、家と呼べる場所は、パム叔母がマラガの軽食店《バル》を売ってイーストボーンに買ったペンションだけだ。父は生きる気力を取り戻すまでそこに滞在することになっているけれど……。

「今度はどうした？　まるで幽霊でも見たような顔をしている」

ハビエルの鋭い声に物思いを破られ、グレースは慌ててまばたきをして涙を隠した。

「父のことを考えていたの。何も起きていなければいいと思って」くぐもった声で答える。

「起訴はいつ取り下げられるの？　一刻も早く手続きをしてほしいわ」

「すでに指示を出したが、この件はイギリスの司法の手にゆだねられている。こちらの弁護士にできることは限定される」

「だったら、できることを迅速にしてちょうだい。父が起訴される恐れがなくなるまで、あなたの結婚指輪を受け取るつもりはないわ」

「まったく、きみは口が減らないな」ハビエルは険しい声で応酬した。人にこんな物言いをされたのは初めてだった。長じてから命令されることなどなかった。なのに、よりによってこんな小柄でか細い、罪人の娘からあれこれ指図されるとは。

取り決めはご破算にする、とハビエルは言いたくなった。妻は改めて探せばいい。どんな女だろうと、この天使の顔を持つ悪魔よりはましだ。ぼくの富をもってすれば、結婚の取り決めに同意する女性はたやすく見つかるはずだ。しかしグレースには貸しがある。アンガス・ベレズフォードのせいで、祖父がこのぼくの経営能力に疑念をいだくことになったのだから。目には目を、だ。父親を自由にする代わりに、グレースの人生の一部をいただく。

「わたしだってそれ相応の人には敬意を払うわ」軽蔑もあらわに、グレースが言った。

一瞬、ハビエルは怒りに我を忘れそうになった。短気な自分を抑制できるようになっていたのに、グレースのせいで短所が前面に出てしまったらしい。彼はグレースをにらみつけた。小柄なのに彼女には揺るぎない決意がある。しかし、虚勢の陰に警戒と恐怖が感じられた。

ぼくに痛い目に遭わされるのを恐れているのだろうか？　そう思うと不愉快になり、ハビエルの口もとがこわばった。今まで女性に手を上げたことはない。子供のころ、女性に暴力を振るう男たちを見て以来、暴力を憎んできた。いかに癪《しゃく》に障ろうと、グレースを肉体的に傷つけるつもりは毛頭なかった。

グレースの濃いブルーの目ににじむ涙が、なぜこれほど胸に迫るのだろうといぶかりながら、ハビエルはすばやく彼女から離れた。「きみの父親の起訴は、可能なかぎり早く取り下げる。もちろん結婚式の前に。この取り決めをまっとうすることが、お互いのためになる」

「それはどうも」

グレースのかすれた声を聞いて、ハビエルは振り向いた。彼女の顔を無防備な表情がよぎる。急にグレースが幼く、はかなげに見え、ハビエルは顔をしかめた。もちろん錯覚に違いない。彼女は毒舌の持ち主だ。それでも、肩を落として顔をさする姿に、図らずも心を動かされた。

たいしたものだ。これまで会った女性とはまったく違う。結婚生活は火花の散るものになるだろう。ベッドをともにするのが楽しみだ。ハビエルは意地悪く考えた。一年間、結婚に縛られることになったが、気持ちを切り替えて、ほっそりした体と豊かな茶色の髪を持つイギリス人女性と楽しむとしよう。

「部屋に案内するよ」言ったとたんグレースが安堵《あんど》の表情を浮かべたのを、ハビエルは見逃さなかった。ぼくが購入前に味見をすると言いだすのではないかと恐れていたのだろうか？　実のところ、考えなくもなかった。城でグレースが腕の中に飛び下りてきて以来、ハビエルの興奮は続いていた。二人の間にくすぶる欲望をぶつけ合ってみたかった。

グレースとなら、満足できるだろう。ハビエルは彼女の上下する小ぶりな胸に目を留めた。うぬぼれでなく、彼はベッドでの技には自信があった。彼女は我を忘れるに違いないが、今はそのときではない。婚約を発表するパーティまであと二時間もなかった。

楽しみの前に仕事。それが鉄則だ。ハビエルは冷笑を浮かべた。信頼を裏切ったアンガス・ベレズフォードがいかなる罰則も受けないのは腹立たしいが、妻に支払う額として百万ポンドは妥当だ。三週間後、グレースに指輪をはめ、エレーラ銀行の頭取としての地位を確保する。それから、とらえどころのない微笑でぼくの官能を刺激する、この色白の女性と情熱を分かち合うのだ。

グレースはハビエルのあとから廊下を進んだ。そして広々とした優雅な寝室に入るなり、彼が部屋の奥のドアを指し示した。

「あちらのバスルームで支度をするといい。正装が求められるパーティだ。近いうちに、きみの身長に合ったイブニングドレスを新調しなければいけないな」すばやくグレースの体に視線を走らせ、ハビエルは思った。もし可能なら、彼女の身の丈は公爵夫人にふさわしい高さまで引き伸ばされたに違いない、と。「それまでは今日買ったもので間に合わせよう。ブルーのシルクのドレスがいい」

彼の横柄な指示に、グレースは激しく言いつのった。「田舎者扱いしないで！　ふさわしい服装くらい、わかるわ」グレースはむっとした。

「よし」ハビエルは冷ややかな笑みを浮かべてうなずいた。「一時間後に会おう。食事はパーティでとるから、少なくとも九時までは何も食べられない。今日は家政婦のピラールが休みだが、空腹なら何か用意するよ」

岩のような心臓の持ち主から思いがけず親切な言葉をかけられ、グレースは驚いた。しかし、食べ物のことを考えただけで胃がよじれた。「今は食べたくないわ。でも……ありがとう」

ハビエルは探るように目を細めてグレースの顔を見つめ、軽くうなずいて出ていった。

グレースはようやく息を吐きだした。足が言うことを聞かず、ベッドに座りこむ。なんて軽率なことをしてしまったのかしら？　ハビエルの妻になると承諾するなんて。事の重大さに押しつぶされ、彼女は両手に顔をうずめた。まるでパラシュートなしでスカイダイビングをしているようだ。

一年間もハビエルと暮らせるの？　彼は心を引かれると同時に恐ろしい存在だ。彼の前でその気持ちを見せないようにするにはかなりの自制心が必要だった。いつか親しみを見せてくれるようになるかもしれないという希望は、彼の冷淡な顔を思い出したとたんに消え去った。ハビエルに優しさなど望めない。食べ物を用意すると言ったのも、空腹のあまりパーティで失神しては困るからだろう。

ハビエルのすることにはすべて思惑がある。何よりこの結婚がそうだ。必要に迫られて妻を購入しただけだ。でも、この結婚は法的な契約にすぎないから、一緒に暮らさなければならない理由はない。イギリスに戻って父の世話をできるかもしれない。彼がわたしのことを銀行の経営権を手に入れる切符としか考えていないのは明らかだもの。

なのに、シャワーを浴びていると、あからさまに彼女の体を這《は》うハビエルの視線が思い出された。まるで心の中で服をはぎ取り、楽しんでいるようだった。怒りを感じるべきよ、とグレースは強く自分に言い聞かせた。彼にはあんなふうにわたしを見る権利はないのだから。三週間後には、法的な権利が生じるけれど……。いったいどんな権利が？　ベッドをともにせよと命じる権利かしら？

グレースはうめきながら髪をすすぎ、シャワーの栓を閉めてタオルにくるまった。そんなことにはならないわよね？　拒否すればいいんだもの。でも、言い争いになるのは目に見えている。果たして切り抜けられるだろうか？　ひとつ確かなのは、愛していないし、愛してもくれない男性に身をささげはしないということだ。

それでも危ういところまで来ていると自覚しながら寝室に戻り、グレースは服の山を調べた。彼女はリチャード・クウェンティンを愛しているつもりだった。ロンドンのオークション会社で仕事を始めたばかりのころ、自信に満ちあふれたハンサムなリチャードと出会い、夢中になった。それまで男性とつき合った経験は皆無に等しかった。母を看病し、父を支えることで精いっぱいで、恋愛に割く時間などなかったのだ。リチャードと出会ったのは母の死の直後だった。

ロンドンでひとり暮らしをする、内気でさえないわたしのどこにリチャードが惹《ひ》かれたのかは知る由もない。見るからに素朴なところかもしれない。グレースは窓辺に近寄り、王宮とその周囲の庭を眺めた。きみが妻になるまではベッドをともにしない、とリチャードは言った。そのとき彼からもらったひと粒ダイヤの指輪は、うれし涙に目が曇り、ぼやけて見えた。リチャードと結婚すれば両親のように永遠に幸せに暮らせると信じていた。

リチャードが婚約者のふりをしていた理由はわからない。ポーランド人の家政婦とベッドにいるところを目撃しなければ、彼の芝居は続き、わたしはそのまま結婚しただろう。ブロンド娘とからみ合うリチャードを見て、グレースの心はずたずたに切り裂かれた。

スターシャは単なる家政婦で、なんとも思っていないと、リチャードは言い張った。しかし、グレースは彼との関係を修復する気になれなかった。幸せな結婚には誠実さが不可欠なのに、リチャードは祭壇に立つ前から不義を犯した。打ちひしがれ、みじめな思いで、グレースはロンドンから実家に戻った。それでも、心の通い合う男性がどこかにいると信じていた。古風と言われようと、そういう人を見つけるまで男性とベッドをともにする気はなかった。

いつの間にか三十分がたっていることに気づき、グレースは過去から気持ちを切り離した。着替えはもちろん、まだ髪を乾かしてもいない。おしゃれは好きだが、この日の午後の買い物は少しも楽しくなかった。ハビエルが支払いをしたことが不愉快だった。施しを受けたくないと思いながら、彼に指示されたブルーのシルクのドレスをベッドの上に広げた。

それから、別の袋から自分で選んだ服を取りだした。ハイネックで長袖《ながそで》の黒いロングドレスだ。ふさわしくないとハビエルにすぐ却下されたものだが、シンプルかつシックで、しかも実用的だ。何より、彼に気づかれないうちに自分のカードで購入したものだった。

髪をまとめあげ、鏡をのぞく。あいにく黒い服のせいで顔色が悪く見える。ピンクのリップグロスを塗っても、はにかむ未来の花嫁というより、古風な家庭教師のように見えた。しかし着替えている暇はないうえに、反抗心が頭をもたげた。服装に関してハビエルの指図は受けたくない。彼は周囲の者が命令に従うのを当然のように思っているが、わたしは違うとわからせなくては。

ハビエルは居間で待っていた。痛いほど激しく打つ鼓動を無視し、グレースはつんと顎を上げて廊下を歩いていった。戸口に近づいたところで足を止め、ハビエルを見つめる。その圧倒的な存在感に、彼女の虚勢はたちまち失《う》せた。完璧《かんぺき》な仕立ての黒いディナースーツが長身と広い肩を引き立てている。彫りの深い横顔は大理石の彫像さながらだが、振り向いた金色の目に宿る炎を見れば、まさにこの瞬間、彼が怒りに駆られていることがわかった。

いか」
「なんて格好をしているんだ。くそっ。婚約祝いではなく、葬儀に参列するみたいじゃな
「たぶん婚約を祝う気になれないせいよ」彼の侮蔑に傷つきながらもグレースは言い返し
た。「黒は今のわたしの気分にぴったりだわ」
「ぼくに聖人のような忍耐力があるか試そうとしているのか？」
不機嫌な声で言うなり、ハビエルはグレースに歩み寄ってその両肩をつかんだ。そして
有無を言わせず体の向きを変えさせ、彼女の部屋に連れていった。
「ぼくは聖人とはほど遠い。二分でブルーのドレスに着替えるんだ」
「さもなければ？」グレースは頬を真っ赤にして両手を腰にあてがい、食ってかかった。
これほど怒りを感じたことはなかった。ハビエルはあまりに傲慢《ごうまん》で無礼だ。我慢ならない。
わたしは好きなものを着る。彼の思いのままになるものですか。
「さもなければ、腕ずくで服を脱がせる」ハビエルの口もとに温かみのかけらもない笑み
が宿る。「そして、再び服を着せるまでに、かなり長い時間をかけるかもしれない。パー
ティに遅れても、招待主は婚約した二人の情熱に免じて許してくれるはずだ。愛の営みの
余韻できみの頬がほてっていたとしても、青白い幽霊みたいな顔よりはずっといい」
「品のない人。もう耐えられないわ」怒りの涙がこみあげ、グレースは腹立たしげにまば
たきをした。涙を流すわけにはいかない。「五分でもあなたと結婚していられそうもない

のに、一年なんて」

ハビエルはそっけなく肩をすくめ、上着のポケットから携帯電話を取りだした。「わかった。契約は取り消そう」しばし口を閉ざしたあとで、彼は静かに切りだした。「父親のみを案じているのかと思ったが、ぼくの勘違いらしい。きみが心配しているのは自分のことだけだ。そうだろう?」

「父のためならどんなことでもするわ」グレースはかすれた声で答えた。ハビエルが優位に立っていることは彼女もわかっていた。グレースが結婚を拒んでも、彼の有り余る財産をもってすれば、花嫁はたやすく見つかる。一方、グレースが父を救う手立てはほかにない。窮地に追いこまれ、グレースはハビエルと目を合わせられなかった。

「二分だ」彼はブルーのドレスをベッドから取りあげてグレースに押しつけ、バスルームを指した。

グレースはしかたなくバスルームに入った。

確かにドレスは美しく、グレースの繊細な肌の色には黒よりずっとよく似合う。細いラインストーンの肩ひもと、今までに着たこともないくらい深くくれた胸もとが優雅でセクシーだ。なめらかなシルクが肌を撫《な》で、恋人の優しい手のように体の曲線を滑った。

何を考えているの! グレースは鏡に映る自分をにらみつけた。とにかくハビエルに対して油断は禁物だ。あの琥珀《こはく》色の目に宿る官能の炎が手となってこの体を探る……そんな空想の世界に遊んでいる場合ではない。好きじゃないどころか、憎くてたまらない相手なのに。グレースはいらだちを覚えた。手ごわい男性だ。これからの一年が思いやられる。

深呼吸をしてからグレースはドアを開けた。「これでご満足かしら?」冷ややかに言ったものの、傲慢なハビエルの視線にさらされ、彼女は体の震えを止められなかった。

「あと一歩だな。おいで」

来いと主人に命じられた犬のような気がしたが、金色の瞳に射すくめられ、グレースはおとなしく従った。ハビエルのそばまで行ったところで、いきなり後ろを向かされ、グレースははっとした。大きな鏡に二人の姿が映っている。彼はすばやい動きで、彼女の結いあげた髪のピンを外して背中に垂らし、つややかな髪をブラシでとかし始めた。

それはどきっとするほど親密な行為だった。血管を熱い血が巡り、グレースはハビエルから身を離そうとしたが、ブラシの柄で背中をつつかれ、思うに任せなかった。

「じっとして」

ハビエルの目には、怒りを必死に抑えるグレースへのあざけりがかすかに浮かんでいた。地上からこの男性を抹殺してやりたいと、彼女はこぶしを握りしめた。それなのに、ブラシがなめらかに髪を滑り、こわばったうなじを長い指でほぐされているうちに、グレースの緊張は解けていった。

「あとは自分でやりたまえ」突然、ハビエルはブラシをドレッサーの上に置き、ポケットに手を入れた。「仕上げはこれだ」彼はベルベットの箱をポケットから取りだし、ふたを開けた。

驚きのあまりグレースは口もきけず、まばゆく輝くサファイアとダイヤモンドの指輪を見つめた。

「こんなものが本当に必要なの？」グレースはかすれた声で尋ねた。これほどすばらしい宝石を手に入れるためなら、たいていの女性はなんでもするだろう。だが、グレースはいやな気分になった。ただの指輪ではなく、愛の約束の象徴だ。ビジネス上の契約にすぎないこの結婚にふさわしくない。

「もちろん必要だ。婚約が発表されれば、みな指輪を見たいと思うものさ」ハビエルの声にはいらだちがこもっていた。「さあ、手を出して」

グレースは思わず両手を背中に隠した。

「将来への備えだと思えばいい。離婚後に売れる」

「結婚が終わるときに返却するわ。ほかのものと一緒に。お金で一年間わたしを縛りつけることはできても、心まで支配するのは不可能よ」

ハビエルは眉を上げたものの、何も言わずにグレースに指輪をはめた。きわめて指が細いのでサイズが合うはずないと、グレースは高をくくっていた。ところが、そこにおさまるのが自然だとでもいうように、指輪はぴたりとはまった。彼女はその美しさにうっとりしながらも、その重みにからめ取られそうで、怖くてたまらなかった。

「きれいね。なくさないようにしなくては」グレースはつぶやき、思わず手を上げて宝石のきらめきに見とれた。

「サファイアはきみの瞳の色によく似合う。きみの指のサイズの見当をつけ、小さくしてもらった」ハビエルはグレースの手を握り、白く細い指を見下ろした。「きみは小鳥のようにはかなげだ。片手でつぶしてしまいそうだ」

ベルベットのようななめらかな声を聞いて全身に震えが走り、グレースは手を引っこめた。「見かけより強いわ」ぴしゃりと言い、反抗的に顎を上げて彼を見つめる。「だから、わたしをつぶすことはできないわよ、セニョール」

ハビエルの笑顔を見て、グレースの息が止まり、彫りの深い端整な顔から目が離せなくなった。

「勇ましいな、いとしい人《ケリーダ》。さあ、出かけよう」

グレースは沈んだ気持ちで、差しだされたハビエルの腕に手をからめた。悪魔と契約した以上、最後までやり遂げるしかない。

5

渋滞するマドリード中心部の道路をリムジンはのろのろと進んでいった。

「じきにホテルに着く。マスコミに流した情報が期待したとおりの効果をあげたようだ。パパラッチが押し寄せている」ハビエルはこわばった表情のグレースをちらりと見て眉を寄せた。「笑顔を見せたまえ。メディアはエレーラ公爵夫人になろうとする、喜びいっぱいのきみの姿を求めているんだ。なのに今のきみは絞首台へ向かっているように見える」

「しかたないでしょう。人生最悪の夜にうれしそうなふりをするなんてできないわ。ほかの人がどう思おうとかまわないんじゃない？　この結婚は、あなたが銀行経営者の地位を確保するためのものにすぎないのだから」不機嫌なハビエルの表情を探るように見つめるうちに、グレースははっとした。「おじいさまの遺言の条件について知っているのは誰？」

一瞬、ハビエルは答えるつもりがないように見えた。さげすみのこもった冷たい目でにらまれ、グレースは逃げだしたくなった。

「きみとぼくのほかは、祖父の弁護士、ラモン・アギラールしか知らない。今後もこの状態を保つ」

声に脅しが含まれているのを感じ取り、グレースは身を震わせた。長く黒いまつげの陰に目が隠れ、ハビエルの胸中は読めない。だが、肩がこわばっているのはわかった。

「どうしておじいさまは銀行の頭取になるための条件として結婚を挙げたの?」ハビエルの頬骨に赤みが差すのを見て、グレースは驚いた。

ハビエルはそっけなく肩をすくめた。「プレイボーイより家庭的な男に見えるほうが世間体がいいと思ったようだ。確かにぼくは修道僧のような生活を送ってきたわけではない」彼は悠然とした口調で言い、赤く染まったグレースの頬を見て、おもしろがるように眉を上げた。「ぼくは、男として健全な欲望を持っている。だが祖父は、ぼくの私生活がビジネス上の判断を鈍らせ、失敗に導いたと考えた」

「あなたが失敗したの?」グレースは思わずきき返した。彼の祖父が遺言に結婚の条件を加えるからには、よほどのことがあったに違いない。

「たった一度」彼の顔から笑みが消え、冷ややかな視線をグレースに注ぐ。「アンガス・ベレズフォードという男にイギリスの子会社を任せたことだ」

「そんな!」グレースは口に手を当てた。「おじいさまはそれを知って……」

「全面的に信頼をおいていた男が、地位を悪用して銀行の金を使いこむ犯罪者だったことをか? もちろん祖父は知っていた。すべてを知るのが祖父の仕事だったからな。ぼくを後継者にしようと何年も教えこんできたが、死に際にきみの父親の犯罪を知り、ぼくの人を見る目に疑いを持つようになった」ハビエルはおもしろくもなさそうに笑った。「欲望を処理してくれる妻を持てば、ぼくがビジネスに集中できると考えたのだろう」

グレースの心は激しく乱れた。「この結婚は都合よく欲望を満たすための手段なの？」

「この結婚は都合がいいとは言いがたい」ハビエルは辛辣《しんらつ》な口調で応じた。「裏の理由は誰にも明かすつもりはない。祖父の遺志に従い、祖父が疑念をいだくきっかけとなった男の娘と結婚する羽目に陥るとは皮肉なものだ」彼は焼きつくすような視線をグレースの全身に走らせてから、深くくれたドレスからのぞく胸のふくらみに留めた。「とはいえ、きみを花嫁にすれば相応の代償は得られそうだ」

「どういう代償？」グレースは狼狽《ろうばい》し、喉がつまった。これは形式的な結婚ではないの？妻としてあらゆる義務を求められるとは思ってもいなかった。

そのとき、車が止まった。待ち構える報道陣を目にしてグレースは鋭く息を吸った。やっぱり、こんな結婚はできない。本当にハビエルの無垢《むく》な花嫁にされる前に、ばかげた婚約劇を終わらせなくては。うろたえながら、サファイアの指輪を引っ張ったものの、指にくっついているかのように離れなかった。

「こんな代償だ……」

ハビエルの声に危険なものを感じて振り向いたグレースは、彼の目に宿る炎を見て息をのんだ。そして、身を引こうとした矢先、彼に抱き寄せられた。

城の書斎でハビエルに短くも激しいキスをされたとき、くらくらしたことを思い出し、グレースは気を引き締めた。今度は反応を示さないわ。そう決意したにもかかわらず、彼の温かくセクシーな唇に翻弄《ほんろう》され、彼女はいつの間にか唇を開いていた。

こんなことをさせてはだめ。頭ではわかっていても、体は言うことを聞かなかった。実のところ、初めて獅子《しし》城で出会ったときからハビエルとのキスを夢に見ていた。彼を押しのけるどころか、グレースは喜びに震えていた。熱が全身をとろけさせ、力が入らない。

彼女は思わずハビエルに身を寄せ、たくましい胸に体を押しつけた。

唇を優しくエロティックに愛撫《あいぶ》され、グレースが低い声をもらすと、首の後ろに手があてがわれ、さらに引き寄せられた。自分の心臓と呼応するハビエルの乱れた鼓動を感じ、陶然となる。グレースは両腕を彼の首にからめ、シルクのような黒い髪に指を滑りこませた。

こんな感覚は初めてだった。生涯の恋人と信じていたリチャードとのキスでも味わったことはない。熱くたぎる欲望の炎に身を焼きつくされそうだ。ハビエルの手に胸を包まれたとたん、グレースはあえぎ声をもらし、さらに彼を求めて体を押しつけた。

「それで充分だ。うっとりしているように見えればいい。ぼくとベッドから出てきたばかりで、すぐにも戻りたい――そんなふうに見える必要はない」

冷ややかな皮肉が、グレースの情熱に冷水を浴びせた。彼女は頬を真っ赤に染め、ハビエルの肩から手を離し、あざけりの視線から顔をそむけた。「ひどい人」

「マスコミがぼくたちの熱愛を疑うこともあるまい。きみはまさに婚約者に魅了されているように見える。あとは、今夜いっぱいそれを続ければいい」

おもしろがるような口調からすると、今の反応は見せかけではないと見抜かれたに違いない。彼に文字どおりすり寄ってしまった、とグレースはみじめな思いで唇を噛《か》んだ。軽蔑《けいべつ》されているとわかっているのに、どうして恥ずかしげもなく反応してしまうのだろう？

運転手がドアを開けた。座席の隅で縮こまっていたいというグレースの胸中を察したように、ハビエルが手首をつかみ、耳もとでささやいた。「笑って。カメラマンが疑い始めたら、またキスをしなければならない。明日の新聞で、神が結びつけた恋愛結婚だと世界じゅうに知らせなくては」

怒りに身を震わせながら、グレースは顔に笑みをはりつけた。車を降りた瞬間、フラッシュがたかれ、目がくらむ。「わたしたちはともに、二人の結婚が地獄の業火から生まれたものだと知っているわ」食いしばった歯の隙間《すきま》から声を絞りだすようにしてささやく。

「あなたを愛していると、みんなをだませるかどうか自信がないわ」腰にまわされた彼の手が、ドレスを介して肌に焼けつくように感じられる。

「ところが、きみはいかにもそれらしく見える」ハビエルは石段を上がらせ、グレースをホテルのロビーへと導いた。「あくまでも違うと言い張るなら、今夜、家に帰ってから試してみるかい？　さて、主催者の登場だ。きみがハリウッド女優に匹敵する演技ができるかどうかに、きみの父親が無罪放免となるかどうかがかかっているんだ」

この夜の豪華なパーティは、スペインのビジネス界の成功者が集う祝賀行事だった。グレースはきらびやかなホールに感銘を受け、壁を飾る彫刻や絵画、それに美しいシャンデリアをじっくり鑑賞したくなった。

しかし、そんな願いはかなうはずもなく、何時間も続く堅苦しいディナーの席に縛りつけられた。そして食事が終わりに近づいたころ、ハビエルがおもむろに立ちあがり、婚約を発表した。好奇のまなざしを一身に浴び、グレースはしぶしぶ立ちあがって祝福の言葉を受けた。二人を祝して乾杯が行われ、ハビエルは彼女を抱き寄せて熱烈なキスをし、客たちを大喜びさせた。

しばらくしてハビエルの手が離れると、グレースは屈辱の極みだといまいましく思いながら、椅子に座りこんだ。ハビエルの唇の甘い誘惑に屈してしまい、何百人もの視線が注がれているというのに、一瞬この部屋に二人きりでいるような錯覚が生じた。彼の顔がようやく離れたとき、すばやくまつげを伏せたものの、目の奥にひそむ熱い思いを隠すには遅すぎた。

いったいどうしてしまったの？　グレースは当惑しつつも、ダンスフロアへ向かうハビエルのしなやかな動きを目で追った。ディナーが終わり、参加者はダンスフロアへ移っていた。すべての女性がひとりの男性に注目しているのがわかる。驚くにはあたらない。洗練された男性があふれる社交の場においても、ハビエルの存在感は抜きん出ていた。財産でも地位でもない。ハビエルは、力強さと威厳、そしてセクシーさで、その場にいるすべての女性を魅了していた。一見、都会的だが、精悍《せいかん》な男らしさは隠せない。ハビエルには野性味があった。女性なら誰しも、飼い慣らすのが難しい生き物を手なずけたいと夢想するのではないかしら？

わたしはお断りだけれど。グレースはいらだたしげに胸の内でつぶやいた。これまで夢想したことなど一度もない。リチャードと婚約している間も、感情を熱くかきたてられることはなかった。自分には欲望がないのだと思っていた。もっとも、やはり自分にも欲望があったのだなどと認識を新たにしている場合ではない。

「婚約者にほうっておかれているから、そんなに悲しそうなのね、ミス・ベレズフォード？」

グレースはダンスフロアから目を離し、傍らの女性に目を向けた。マドリードで最も影響力のある実業家の妻、メルセデス・デ・レイエス伯爵夫人だった。英語をはじめ数カ国語が堪能《たんのう》で、並外れて都会的な女性だ。うわさ話が大好きなのだろう。「悲しくなんかありません、セニョーラ。ただ……考え事をしていただけです」グレースは失礼にならないよう答えた。

伯爵夫人がダンスフロアに目をやった。グレースが夫人の視線の先を追うと、ハビエルと真っ赤なドレスを着たブロンド女性がぴたりと体を寄せ合っている。音楽はやんでいたが、踊るのに夢中な二人は気づいた様子がない。

「何を考えていたの?」伯爵夫人が尋ねた。

ハビエルが取り引き相手の妻とダンスをするのは当然だ。気を悪くする理由はないのよ、とグレースは自分に言い聞かせた。この婚約は見せかけにすぎず、彼が誰と踊ろうと関係ない。「ハビエルのダンスに見ほれていたんです」グレースはわけ知り顔の伯爵夫人に答えた。

「そうね。エレーラ公爵は男の中の男よね。まさに理想的な結婚相手だわ。ねえ……」伯爵夫人は身を乗りだし、探るように黒い目をきらめかせた。「知り合ったきっかけは?」

ああ、困ったわ! グレースは内心どぎまぎしながらゆっくりと答えた。「ハビエルが仕事でイギリスに来たときに知り合ったんです。父の……友人なので」

「けれど、それほど長いおつき合いではないわよね。二人そろっておおやけの場に出るのは今夜が初めてだもの」

グレースは頬をほてらせ、ハビエルがでっちあげた恋物語を思い出しながら、不安げに唇をなめた。結婚の本当の理由を明かさないと決めたのはハビエルなのだから、一緒にここで伯爵夫人の相手をするべきよ。真っ赤なドレスをまとった女性の体をダンスフロアで撫《な》でまわしている場合じゃないでしょう。

「彼と知り合って数カ月になります」本当らしく聞こえるよう願いながらグレースは言った。「最初のうちは注目を浴びないよう努めていました。恋愛はプライベートなことですから」

「つまり、恋愛結婚というわけ？」驚きもあらわに伯爵夫人はきれいに整えた眉を上げた。「ハビエルが恋に落ちるなんて、思ってもいなかったわ。あなたは、ほかの多くの女性ができなかったことを成し遂げたようね。ライオンの心をつかむなんて見あげたものよ。彼を愛しているの？」

グレースは、伯爵夫人の声にかすかな疑いを感じ取った。エレーラ公爵がこんなさえない女性を花嫁に選んだのが納得できないようだ。怒りがわきあがり、グレースは憤然と顔を上げた。ハビエルとの関係はビジネス上の契約にすぎないかもしれないが、他人には関係ない。「ええ、心から愛しています」きっぱりと言う。「ハビエルはわたしの命です。生涯をともに過ごす誓いを立てる日が待ち遠しいわ」

「グレース、実にうれしいことを言ってくれるね」

聞き覚えのある甘い声が耳もとで響き、グレースははっとして振り向いた。見開いた彼女の目の前に、輝く琥珀《こはく》色の瞳があった。

「ぼくもきみを妻にする日が待ち遠しい」

ハビエルの目が秘密めいた輝きを帯び、グレースは彼が待ち望む理由を思い出した。エレーラ銀行の頭取となるためだ。わたしはゴールにたどり着くための手段にすぎない。いつものグラマーな愛人たちとは違う趣向を楽しめればいいというわけだ。すぐにでもこの結婚のルールを取り決めようと彼女は心に決めた。

「踊ろう」

あらがう間もなくダンスフロアに導かれ、グレースはハビエルに抱き寄せられていた。これもゲームの一部なんだわ。いくら自分にそう言い聞かせても、全身の神経がざわめく。とても大切なもののように腕に抱いているけれど、これは客たちに二人の仲のよさを見せつけるための演技にすぎない。万力のような手で腰をからめ取られて彼から逃げられないと知っているのはグレースだけだった。

「こんなまねをする必要があるの?」彼女が尋ねた直後、曲がバラードに変わり、ハビエルの胸に強く引き寄せられた。彼の全身の筋肉が感じられ、肌に触れる力強い腿に官能を刺激される。力を抜いて胸に頭をあずけろと、ハビエルの体が熱っぽく誘いかけてくる。グレースは立っているのがやっとだった。「あなたを心から愛していると、伯爵夫人には納得してもらえたと思うわ」

「きみの演技力には感心したよ。一瞬、ぼくまで信じそうになった」ハビエルのくぐもった笑い声が、グレースの敏感な耳をなぶった。

「白々しい嘘《うそ》をついただけよ。まともな女性があなたに思いを寄せるとは思えないわ。お世辞にも愛すべき性格とは言えないもの」

「母も同じことを言っていたよ」

相変わらず人を食った口調だったが、顔を上げたグレースは、彼の半ば閉じた目が胸の内を隠していることに気づいた。うろたえてふらつく彼女の腰を、すかさずハビエルが支える。次の瞬間、グレースの顔はシルクのシャツに押しつけられた。

「どんな母親も子供を愛するものよ。なぜそんなことを言ったのかしら?」グレースは耳もとで大きな鼓動を響かせるハビエルの胸に手を添えたい衝動に駆られた。

ハビエルは無造作に肩をすくめた。「本当のことだからかもしれない」彼がグレースを見つめたとき、彼女の目には困惑とかすかな同情が浮かんでいた。なんて小柄なのだろう。ハビエルは、自分が彼女を手でつぶしてしまえるほどの巨人になった気がした。だが、彼女を傷つけるつもりはない。こんなつまらないパーティで注目を集めているより、二人きりになりたいと願っている自分に気づき、彼は驚いた。グレースは孔雀《くじゃく》であふれる会場の中の、小さな灰色の鳩《はと》にすぎない。なのに、なぜかもう一度、唇の柔らかさを味わいたくてたまらなかった。

ハビエルは生まれて初めて、人間らしい感情を持たない理由を説明しなければいけないような思いに駆られた。普段なら他人にあれこれ言われるのはまっぴらだ。しかし、グレースの優しい表情のせいで、なぜか仮面の下の自分をさらけだし、人生から愛を追い払った理由を打ち明けたくなった。

「母は金と公爵夫人の地位を目当てに父と結婚したんだ。残念ながら、祖父は父ほどお人よしではなく、父に言い渡した。母と結婚したら、エレーラ家の財産すべてに関する権利を失う、と」ハビエルの顔に苦い笑みが浮かんだ。「愚かにも父は母との結婚を選び、祖父と絶縁した」

「おじいさまとお父さまは永遠に親子の縁を切ったの？」グレースはショックを隠せずに尋ねた。「その後、一度も会わなかったの？」

「エレーラ一族が前言をひるがえすことはない」ハビエルは厳しい口調で答えた。「父の頭が母から手に入れた麻薬で侵されていることを、祖父は見抜いていた。だから相続権を剥奪《はくだつ》したうえ、父を獅子城から追いだしたんだ」

グレースは無意識のうちに音楽に合わせて脚を動かしながら、ハビエルのリードでダンスフロアをまわっていた。彼から家族の事情を打ち明けられたせいで、頭がくらくらしていた。自分の息子を見捨てるなんて、祖父のカルロスは血も涙もない男性だったに違いない。孫が同じ性質を受け継いでいても不思議はない。「でも、あなたは……子供のころから城で暮らしていたのよね?」

「ぼくが生まれながらにして裕福だったと?」ハビエルは獅子城でグレースが口にした言葉を彼女に思い出させた。そして、鋭いまなざしでグレースを赤面させた。「生まれてからしばらく、ぼくは流浪の暮らしを続けていた。ときどき体を売って稼いでいた母はサーカス団に所属していたからね。ぼくは野犬のように奔放なロマの子供だったんだ」

ハビエルは耳障りな笑い声をあげた。目から金色の輝きが消え、うつろになっている。

「祖父に受け入れられなかった母は、思惑違いで身ごもったぼくを疎んじた。望まれずに生まれたぼくは、愛することも愛されることもない子供だった。やがて母は金持ちの恋人とつき合い始め、半ば頭がおかしくなっていた父にぼくを預けて出ていった」

「お父さまはどうなったの?」

「母に捨てられて数カ月後、麻薬の過剰摂取で死んだよ。哀れで愚かな父はずっと母を愛していた。ぼくは幼いうちから愛は残酷なものだと学び、自分の人生に感情を持ちこまないと決心した。父の死を知った祖父はすぐにぼくを城に引き取った。そして、そこでぼくは自分が相続するべきものを見つけた。相続のためなら、なんでもする」

グレースは思いやりに満ちた目でハビエルを見あげた。彼女は両親の愛を一身に受けて育った。母が病を得たあとでさえ幸せな家庭だった。彼女にとってハビエルの悲惨な生い立ちは想像を絶した。無償の愛を受けたことがないのなら、彼が感情を表に出せないのも無理はない。

一瞬、グレースの心に、少年時代のハビエルの姿が浮かんだ。寂しさを抱えた少年が成長し、情け容赦ない男性になったのだ。彼の鎧《よろい》にもほころびはあるのだろうか？　だけど、それがわたしになんの関係があるの？　今のわたしが考えなければならないのは、父を自由の身にすることだけ。大きな城にひとりで暮らす、このライオンに同情するなんてばかげている。

「ひどい話ね。なんと言っていいか……」

ハビエルはグレースの唇が震えていることに気づいた。その唇に視線を留め、長い髪を手にからませて顔を上げさせる。「結婚式で〝誓います〟と言えばそれでいい。そのほかは口を閉じているんだ。キスをするとき以外は」

ざらついた険しい声だった。衝動的な告白を悔やんでいるのだとグレースは察した。弱さを見せたことに我慢がならず、支配権を取り戻そうとしているのだ。彼女は抗議の声をあげようとしたが、彼のキスで口をふさがれた。彼の唇の動きが激しくなるにつれ、グレースは抵抗する気持ちが失《う》せた。血がたぎり、五感に火がつく。しなやかで柔らかな体が、ハビエルの強靭《きょうじん》な体にかなうはずもない。興奮のあかしが下腹部に押しつけられるや、グレースは衝撃を受けた。

下腹部がうずき、渇望が一気にわきあがった。これを満たせるのはハビエルただひとりだ。体の奥から熱い衝動がこみあげ、ハビエルの唇の動きに理性が失われていく。彼の手がヒップに滑り下り、力強い腰に引き寄せられると、彼女は激しく身を震わせた。ダンスフロアの真ん中にいても少しも気にならない。今この場でハビエルに奪ってほしかった。

なんてことかしら！　わたしったら何を考えているの？　どこからか突然わいてきた力で、グレースはハビエルから口を離した。彼の琥珀色の目の中に勝利のきらめきを認め、気分が悪くなる。こんなことをするつもりはなかったと言いたかった。なのに、舌が上顎にはりついているようで、何も言えない。涙のカーテンを通してハビエルを見つめることしかできなかった。

すぐにもハビエルは痛烈な皮肉でわたしをずたずたに切り裂くだろう。グレースがおびえているうちに、ハビエルの目が暗くなり、緊張の色をたたえ始めた。死刑執行人の斧《おの》が振り下ろされるのを待つような時間が過ぎ、意外にも彼はいきなり体の向きを変え、グレースをダンスフロアの外に導いた。

「ハビエル、次はわたしと踊ってくださる？」すかさず伯爵夫人が寄ってきて、グレースを一瞥《いちべつ》してからハビエルの端整な顔を見つめた。

「申しわけない」ハビエルは冷淡に答えた。「もう帰るよ。グレースにとっては長い一日だったから、そろそろベッドに行く時間だ」

伯爵夫人は不機嫌そうに口をとがらせた。「まるで過保護な花みたい。結婚式の夜までにぼろぼろにしないよう気をつけることね」

ハビエルはひと言も返さなかった。感覚を失ったグレースも何も答えられず、みじめな気持ちでひたすら床を見つめていた。この夜が永遠に続くように思えた。獅子城に行き、どんな仕事でもするから父を自由にしてほしいと頼んだのは、本当にけさのことなの？ハビエルから一年間限定の妻になれと言われたけれど、妻としての役割は寝室のドアの前で終わりだ。強要されてベッドをともにするつもりはない。でも、今しがたかきたてられた情熱を思えば、真に恐れるべき相手は自分自身かもしれない。

パパラッチはいまだにホテルの前で待ち構えていたものの、幸い、ハビエルは愛想を振りまくつもりはないようで、かばうようにしてグレースをすばやくリムジンに乗せた。

「幸せなカップルの写真をもっと撮らせなくていいの？」ハビエルからどれほど影響を受けているか悟られないよう、グレースはいやみを言った。

「もっともな理由で結婚すると、充分に納得してもらえた。きみもそう思うだろう？　明日、世界じゅうのメディアがぼくたちの嵐《あらし》のようなロマンスを伝えるに違いない」

リムジンは軽快な音を響かせながら、混雑する道路を進んでいく。グレースは全身に疲労をにじませ、車窓を流れる無数のヘッドライトを眺めた。さっきハビエルが言った世界じゅうのメディア云々《うんぬん》が心の隅に引っかかっていたが、その理由について考える気力もなかった。頭が痛み、一年でも寝ていられそうだ。もちろん、自分のベッドでひとりきりで。

そう思っても、胸の内に巣くう不安は消えず、動悸《どうき》はおさまらない。経験はなくても、まったく知らないわけではない。ハビエルの目に宿る欲望や下腹部に押しつけられた彼の高まりの記憶が、今も彼女の心を乱した。今夜、ハビエルと闘わなければならないの？　そうはなりませんように。グレースは彼に勝てる自信がなかった。

さまざまな思いに頭を悩まされながらも、心地よい車の揺れに、いつしかグレースは眠りに落ちた。

ハビエルは身をこわばらせ、自分の肩にもたれているグレースを見下ろした。車内の薄明かりで、彼女の頬に長いまつげの影が映る。軽く唇を開いて眠る彼女は子供のように無邪気に見えた。

もちろん錯覚だ、とハビエルは意地悪く考えた。グレースは自分の行動を百も承知している大人だ。恥じらうしぐさと、見つめると紅潮する頬がぼくの気を引くと知って、わざとやっているのだ。外見はかわいらしく、内気に見えるが、今までに出会った女性と同じく、裏で計算をしている。贅沢《ぜいたく》な暮らしをするために父親にどんなことでもやらせる甘ったれた女にすぎない。彼女は娼婦《しょうふ》のように自分を売った。父親を救うためとはいえ。

地下駐車場にリムジンが止まってもグレースは目を覚まさなかった。揺り起こそうと肩に手をかけたが、せつないほど幼く見える彼女の姿に、ハビエルは胸を締めつけられた。彼はいらだたしげにグレースを抱きあげ、エレベーターで最上階まで上がった。

ぼくは軟弱になってきているようだと自嘲《じちょう》しながら、ハビエルはグレースをベッドに横たえ、ドレスの背中のファスナーを下げた。白いレースのブラジャーとショーツに体が熱くなるが、なんとか自制した。互いに欲望をいだく二人が情熱をぶつけ合う機会は、これからいくらでもある。一年間、彼女のセクシーな体を満喫しよう。彼女を存分に喜ばせ、自分も楽しむのだ。

ハビエルは急にこれからの一年が楽しみになった。ぼくは気がおかしくなったのだろうか？ その問いに答えを出せぬまま、ハビエルはグレースに上掛けをかけた。そして、明かりを消してから居間へ行き、スコッチ・ウイスキーをグラスになみなみとついだ。

6

家に戻らなくては！　目を覚まして頭が働きだすなり、グレースは思った。そして、昨夜は心身ともに疲れて考えられなかったことを、ようやく思い出した。ハビエルは満足げに、世界じゅうのメディアが二人の婚約を大きく取りあげると言っていた。父はどう思うかしら？　何が起きたのかわからず、ひどく心配するだろう。父の危うい精神状態を考えれば、そんな事態はなんとしても避けなければ。

上掛けをはねのけたところで、下着姿で寝ていたことに気づき、グレースは顔をしかめた。パーティで着ていたブルーのドレスは椅子の背にかかっているが、そこに置いた記憶はない。覚えているのは、ハビエルのアパートメントに戻る車の中にいたことまでだ。眠ってしまったに違いない。じゃあ、ハビエルがここまで連れてきてくれたの？　ドレスを脱がせたのは誰？　きっと家政婦だろう。眠っている間に、ハビエルにブルーのシルクのドレスを脱がされている光景を、グレースはどぎまぎしながら頭から追い払った。

あらぬ想像をする自分を叱《しか》りつけ、グレースは急いでベッドを出た。そして、きのうグラナダのホテルに立ち寄って慌ただしく荷造りしたスーツケースを探るうちに、顔から血の気が引いた。パスポートと帰りのチケットがない。ホテルのベッドサイドの引き出しに入れっぱなし？　いえ、確かにスーツケースに入れたはずだ。でも、実際にないとなれば、グラナダに置いてきてしまったとしか考えられない。

スーツケースの中身を床にあけ、必死に捜したが無駄だった。ハビエルに頼んで、グラナダのホテルに問い合わせてもらおう。パスポートのことだけを一心に考えながら、グレースは廊下に出てハビエルの寝室のドアをたたいた。応答がない。グレースはいらだたしげに足を踏み鳴らした。今が何時だかわからないが、なんとしてもイギリスに戻り、娘の結婚を父が新聞で知る前に説明しなければ。

もう一度ノックをしてからグレースは注意深くドアを開けた。ハビエルのベッドはからで、乱れた真っ赤なシルクのシーツを見て、グレースは喉をごくりとさせた。どこをとっても独身者の住まいだ。ベルベットの上掛けが覆う大きなベッドを見れば、ここは誘惑の部屋だとわかる。驚いたことに、天井には大きな鏡があった。

グレースの心は勝手にさまよい、エロティックな光景を脳裏に浮かびあがらせた。枕《まくら》に頭をあずけるわたしにハビエルが手と脚をからませる。二人とも一糸もまとっていない。その姿が天井の鏡に映る。褐色の肌がわたしの白い肌を滑り……。

「おはよう、グレース。よく眠れたかい？」

突然、ハビエルが髪をふきながら、バスルームから出てきた。腰にバスタオルを巻いているだけだ。肌はサテンのように輝き、厚い胸を伝う水滴が、引き締まった腹部から、腰に巻いたタオルへと流れていく。

「ええ……おかげさまで」半裸のハビエルを目にしてまともに頭が働かず、グレースはハビエルを見つめるばかりだった。こんなにも魅力的でセクシーな男性がこの世に存在していいの？　ベッド、そして天井の鏡へと視線がさまよう。グレースは無意識に下唇をなめていた。まるで誘うかのように。

「何か用かい？」ハビエルは探るような目で、白いブラジャーとショーツしか身につけていないグレースを見やった。ゆうべの姿よりさらに刺激的で、上気した眠たげな顔がとてもセクシーだ。レースの下着をはぎ取り、腰まで垂れる豊かなブラウンの髪に手を滑らせたい衝動に駆られた。もっと大きなタオルで体を覆っておけばよかったと思う。グレースはこれまでつき合った洗練されたセクシーなブロンド美人とはまったく違う。なのに、この繊細な薔薇《ばら》のようなイギリス人女性を目にすると、あっという間に血がたぎり、信じられないほど興奮してしまう。子鹿《こじか》のような瞳と謎《なぞ》めいたほほ笑みのせいかもしれない。

「家に帰らなくてはいけないわ」誘惑に満ちたハビエルの体から視線をそらし、グレースは絨毯《じゅうたん》を見つめながら言った。「父に会って、新聞で知られる前に、わたしたちの……結婚のことを説明したいのよ。でも、パスポートが見つからないの。きっとグラナダのホテルに忘れたんだわ」

髪をふいていたタオルをベッドにほうり、ハビエルが近づいてくる。グレースは顔をしかめて続けた。

「ホテルに電話をして、問い合わせてくださる？」

「それはできない」

そっけない答えに心を乱され、グレースは腕を組んだ。ハビエルの部屋に飛びこむ前に服を着てこなかったことが、今さらながら悔やまれた。あつかましく体の線をたどる琥珀《こはく》色の目にさいなまれ、体がほてる。昨晩、熱い高まりを腹部に押しつけられたことを思い出し、無意識のうちに視線が彼の腰に巻かれたタオルへ向けられた。

「大切なことなの。パスポートを見つけなくては」

永遠とも思われるほどの時間、ハビエルに無言で見つめられ、グレースの鼓動が速くなった。官能がぶつかり合い、どちらかが動けば、この部屋は燃えあがるに違いない。だめよ、自制しなくては。わたしがここにいるのは、父のためなのよ。

「お願い……ハビエル」

「パスポートは金庫に入れてある」ハビエルはグレースから視線をそらし、衣装だんすに歩み寄ってシャツを取りだした。

「どうして金庫に？」グレースは、シャツを羽織ってボタンを留めるハビエルの姿を見守りながら尋ねた。「わたしのスーツケースから盗んだの？」

「盗んではいない。きみの父親は盗みがうまいだろうが、ぼくは違う。安全のために移しただけだ」

「だったら、返して」グレースの両頰に赤みが差した。「あなたに、わたしの私物を引っかきまわす権利はないわ。お願い、持ってきて。うまくいけば、今日の便に乗れるわ」

「きみをイギリスに帰らせると思うか？」ハビエルは傲慢《ごうまん》に言い放った。「お父さんの借金はぼくの個人口座から返済され、横領罪で起訴されることはなくなった。お父さんときみが行方をくらまし、ぼくたちの契約を反故《ほご》にしないともかぎらない。いいか、指輪をはめて結婚が成立するまで、きみをぼくの目の届かないところに置くつもりはない」

「約束します。身を隠したりしないわ。信用して」必死に訴えたが、非情なハビエルの目を見てグレースの心は沈んだ。

「きみもベレズフォードの人間だ。経験上、信用できないことはわかっている」ハビエルは辛辣《しんらつ》に言った。「それにイギリスへ行っている暇はない。結婚式の準備のため、今日、獅子《しし》城に戻る。やらなければならないことがたくさんある」

グレースは震える手で髪をかきあげ、困惑と失望を隠そうとした。「どんな準備？　役所で簡単な証書をつくるだけなんでしょう？　おとぎばなしみたいな結婚式をするわけじゃあるまいし」

「エレーラ公爵の結婚式は重要な行事だ」ハビエルは尊大に告げた。「我が国の貴族もたくさん参列するから、数百人分の料理を用意するよう指示してある。式は城のチャペルで挙げる。準備のために早くグラナダに戻りたい」彼はハンガーからズボンを取り、ちらりとグレースを見た。「出発前に、マドリードのトップ・デザイナーにウエディングドレスの採寸を頼んだ。もうすぐ来るから、下着で迎えたくなければ着替えたほうがいい」眉がわずかに上がり、冷たい笑みが浮かぶ。「ぼくとしては、服を着ていなくても文句はないが」

まあ！　グレースはハビエルの顔から無礼な笑みをむしり取ってやりたかった。怒りのあまり、しばらく何も言えなかったが、やがて父のことを思い出した。ハビエルとなんとかうまくやっていかなければならない。「父がわたしたちのことを新聞で読んだらどう思うかしら？」ささやき声で問う。

「賢い娘だと思うだろう。ぼくを誘惑して助けてもらおうと城に送りこんだところ、娘は大成功をおさめて大富豪との結婚を取りつけ、父親の過去を清算してくれた、と」

軽蔑《けいべつ》のこもった口調に、グレースは身のすくむ思いがした。「父は、わたしがあなたに話を持ちかけたなんて想像すらしていないわ」きつい声で言う。「わたしがしたことを知ったら肝をつぶし、考え直せと必死に説得するでしょうね」

「そうだとしたら、結婚証明書のインクが乾くまで、お父さんに会う機会がないほうが好都合だ。もうきみはあと戻りできない。祭壇まで引きずってでも、きみを妻にするつもりだ」ハビエルはいらだたしげに腕時計に目をやった。「もう時間がない。着替えたい」

「ハビエル、お願い」彼に近づいたグレースは、彼が腰のタオルを外そうとしていることに気づき、息をのんだ。「何をしているの？」

「服を着るんだ。見ていたければどうぞ」

不満と屈辱にうめきながら、グレースは部屋を飛びだした。すると、ハビエルの笑い声が追いかけてきた。本当に憎らしい人だわ。自室に戻ったグレースはジーンズとTシャツを身につけ、涙をぬぐった。血も涙もない無慈悲な男性が、一年間とはいえ、わたしの夫になるなんて。

パスポートがなくては身動きがとれず、逃げるのは不可能だ。グレースは、父の不正行為を知って押しつぶされそうになったあのときと同じ恐怖に襲われた。ハビエルに近づくべきではなかった。けれど、引き返すには遅すぎた。

ひとしきり泣いてグレースがようやく部屋を出たとき、ハビエルはキッチンの朝食用カウンターで新聞を読んでいた。

「ポットにコーヒーがある。ジュースもあるが」冷ややかに言ったあとで、ハビエルはグレースの目が赤いことに気づいた。「何を食べる？」

「おなかはすいていないわ」グレースは彼の視線を避け、オレンジジュースをグラスについだ。

「きみはゆうべもろくに食べていない。何かおなかに入れなければ体に悪い」

「おなかはすいていないと言ったでしょう。朝食はめったにとらないの」

少しとがった声で言い返しはしたものの、やはりグレースはハビエルを見ようとしなかった。カウンターの高いスツールに腰を下ろした彼女はかよわく見え、痛々しいほどだ。

ハビエルは顎をこわばらせ、無理やり新聞に視線を戻した。ほかの女性にはない、グレースが彼に及ぼす影響力が気に入らなかった。

「ぼくたちの婚約の記事が多くの新聞に掲載されている。きみはきれいに写っているよ」

ハビエルはそっけなく言った。彼と腕を組み、見あげて笑いかけているグレースは、若く頼りなげに見える。初めてハビエルは、写真の中の彼女がおびえていることに気づいた。

「きのうは言い忘れたが、きみは美しかった」彼はつぶやくようにつけ加えた。

グレースは差しだされた新聞をわざと無視したが、頬が紅潮するのを抑えられなかった。

「本心から言っていると信じることにするわ」

ハビエルは、グレースの目に浮かぶ驚きの色に興味を引かれた。ぼくに与える影響力をグレースは自覚しているのだろうか？　ダンスの最中には危うく見境のない行動をとりそうになった。そして本能の赴くままに彼女をベッドに引き入れればよかったと悶々《もんもん》としながら眠れぬ一夜を過ごしたのだ。

グレースはさほど抵抗しなかったに違いない。ハビエルは満足げな笑みを隠そうともせずに考えた。グレースの視線を感じた。天井の鏡をちらりと見て、目を丸くしたのも知っている。二人とも、性的に引かれ合うものがあると気づいている。なぜグレースはそれを素直に受け入れず、駆け引きめいたことをするのだろう？　つまり、グレースもこれまで出会ったほかの女性と同じなのだ。ハビエルの顔が曇った。何を血迷って、グレースはこれまで会った女性たちと違うなどと思ったんだ？

ふとグレースを見やると、彼女はジュースを飲み終え、キッチンと廊下を見まわしていた。

「何を探しているんだい？」

「家政婦は？」

「きのうはピラールの休日だと説明したと思うが。彼女は昼近くまで来ない」

グレースがはっとして振り返り、ハビエルに鋭いまなざしを注いだ。「だったら、誰がわたしのドレスを脱がせて寝かせてくれたの？　まさかあなたが……」グレースは目をしばたたき、怒りの涙を振り払った。「なんて傲慢なのかしら。なんでも好き勝手にできると思っているんでしょうけれど、わたしを支配することはできないわよ」

「今のところはね」

甘い口調でハビエルが応じたとき、玄関のブザーが鳴った。

「デザイナーが採寸に来たんだろう」ハビエルはドアのところで立ち止まり、グレースを見た。「どうして泣いたんだ？」

「泣いてなんかいないわ」疑い深げにかすかに眉を動かすハビエルを見て、グレースは肩をすくめた。「彼の金色の目は魂の中までお見通しなのに、嘘《うそ》をついてもしかたがない。

「父が心配なの。でも、もういいわ。あなたが父をどう思っているかはわかっているし、理解してもらえるとは思っていないから。あなたに愛は無縁だものね」

「アンガスへの起訴はすべて取り下げられたと、けさ弁護士から連絡があった」グレースの緊張が解け、顔に安堵《あんど》が浮かぶのをハビエルは見て取った。計算高い女かもしれないが、父親を一心に愛しているのは否定できない。

「よかった」グレースはしみじみと言った。「電話をして元気だと伝えるくらいはいいでしょう？」

「あとでだ。今はもっと重要なことがある」ハビエルはグレースから目をそらし、キッチンを出た。

　その日の午後遅く、リムジンは空港に向かう車の列に加わっていた。車中、グレースはずっと窓の外を眺めながら考えこんでいて、青白い顔をハビエルに見つめられていることに気づかなかった。

「ほら、必要だろう」唐突にハビエルがブリーフケースを開け、グレースのパスポートを取りだした。

「国内線にパスポートは必要ないわ」グレースははっとして振り返り、とまどい気味に言った。

ハビエルは故意に視線を避けているように見えた。「イギリス行きのプライベート機を待たせてある。今夜遅くには着けるだろう。明日の夜にはグラナダに戻るが、一日、お父さんと過ごすといい」

彼の口調からして、突然、計画を変更した理由はきかないほうがいいとグレースは悟った。こみあげる感情をのみ下し、やっとの思いで口を開く。「どう言って感謝すればいいのか……」彼女はパスポートをつかみ、ハビエルにおずおずとほほ笑みかけた。

「何も言わなくていい」ハビエルは冷ややかに言った。「結婚式の夜、たっぷり感謝してもらおう」

「わたしがあなたなら何も期待しないわ」つかの間ともった喜びの火が消える。グレースは命綱のようにパスポートを胸に抱いた。「がっかりするわよ」

リムジンが止まり、運転手がドアを開けた。車を降りようとするハビエルの顔にとてつもなくセクシーな笑みが浮かび、グレースの肌がうずいた。

「そうでないことを祈るよ」彼はそっけなく言った。

数時間後、ハビエルはイーストボーンの海岸近くの狭い路地にレンタカーを止め、意地の悪い目で〈ベルビュー〉を眺めていた。窓辺を飾る満開のインパチェンスがクリーム色に塗られた外壁に彩りを添えている。しゃれたペンションだが、エレーラ公爵はイギリスのベッド《B》・アンド《&》・ブレックファスト《B》に滞在したことなどないに違いない、とグレースは思った。

「さあ。何をぐずぐずしている？」車から降りないグレースにハビエルがいらだたしげに言った。「この車にはもう充分、乗っただろう？　こんな車はおもちゃ同然だ。空港近くのホテルに泊まり、お父さんのところへ来るのは明日にするべきだった」

ハビエルは早く脚を伸ばしたいらしいが、グレースはためらっていた。「一刻も早く父に会いたかったのよ。あなたは、父を自由の身にするためにわたしが父と共謀して……身を差しだしたと思っているのでしょうけれど、とんだ濡《ぬ》れ衣《ぎぬ》よ。わたしがあなたに助けを求めに行ったことを父は知らない。だからこの結婚の本当の理由を知られたくないの」グレースは頬を赤らめ、しばし口を閉じた。「父はきっと深く傷つくと思う。だから二人は愛し合っていて、あなたはわたしが……大切だから、父の犯した罪を許すことにした。そう父に思わせたいの」

「ぼくに何をしてほしいんだ?」アンガス・ベレズフォードに裏切られたことを思い出し、ハビエルは怒りに燃える目でグレースを見やった。彼女の目には恥ずかしさに加え、必死さが浮かんでいた。「ぼくがきみに夢中だと見せかけてほしいのか?」

あざけりを浮かべたハビエルを見て、グレースは歯ぎしりする思いだった。しかし、なんとか自制して答えた。「話し合いを持とうとスペインにあなたを訪ね、互いにひと目ぼれしたことにして。こんなにも結婚を急ぐのは……」

「二人は片時も離れられないから?」ハビエルが助け船を出し、白い歯を見せていたずらっぽく笑った。

「そんなところね」不意に身を寄せてきた彼を、グレースは用心深く見つめた。車の中ではハビエルとの距離が近すぎる。誘うような彼のコロンの香りに彼女の体はほてった。

「いったいなんのまね?」

「きみの求める親密な関係とやらを練習しなくてはいけないと思ってね。きみが指摘したとおり、ぼくにはなじみのないものだからね。こんなふうにキスすれば、お父さんは納得するかな?」ハビエルはゆっくりと優しく唇を重ねた。

グレースの五感は突如ざわめき、その先を求めた。ハビエルがわずかに顔を上げ、問いかけるように彼女の目をのぞきこむ。そして、青い目の奥に見えた答えに満足したように、もう一度グレースの唇を激しくむさぼった。その瞬間、彼を切望してグレースの体から力が抜けた。

ついにグレースは唇を開き、両手を彼の首にからませて、執拗《しつよう》に探る彼の唇を味わった。さらに、彼の手がTシャツの下に潜りこみ、長い指で胸のふくらみを撫《な》でると、彼女は期待に身を震わせた。

彼の唇が離れ、首筋から鎖骨へと移っていく。グレースは小さな声をもらし、のけぞって彼の愛撫《あいぶ》を迎え入れた。もはや理性は消え失《う》せ、グレースは感情におぼれた。ハビエルの指がブラジャーの中に潜りこみ、胸の先端をつまむや、彼女はシートにもたれて身をよじった。しなやかな指がもたらす甘い責め苦をもっと味わいたい。感じやすくなった肌に、指ではなく唇を感じたかった。

ハビエルはもう一度激しいキスをしてから、頭を上げてグレースを見下ろした。「これでいいかい、グレース?」彼は落ち着き払って悠然ときいた。

グレースは鋭く息を吸い、あざけりの視線を避けた。「あなたなんか大嫌い」身を離してTシャツの乱れを整えたグレースは、薄いコットンの下から胸の先端が突き出ていることに気づいてぎょっとした。「地獄の業火で焼かれるあなたを見てやりたい。でも、差し当たりお互い身動きがとれないのだから、期間限定の結婚をするしかないわね」

ハビエルが何も言わないうちにグレースは車から降り、早足でパム叔母のペンションへ向かった。あとを追ってきたハビエルの腕が腰に巻きつくと、意志に反して胸が高鳴った。

「グレース！　よかったわ。来てくれて」パム叔母がグレースを出迎えた。「お父さんは調子がよくないの。けさ、弁護士が来て起訴が取り下げられたと言っていたみたいだけれど、いったい何がどうなっているのか、わたしにはさっぱり」話しながら、パム叔母は好奇心もあらわにハビエルを見つめた。「お友だちが一緒だとは思わなかったわ」

「こちらは……ハビエル・エレーラよ」紹介するなり衝撃を受けてたじろいだ叔母の腕に、グレースはそっと触れた。「大丈夫、心配しないで。わたしたちは……友だち以上に親しいから」叔母の探るような視線にさらされ、グレースは頬が赤らむのがわかった。「父はけさ、新聞を読んだ？」

「読んでいないと思うけれど」家の中へ導きながらも、パム叔母はどう考えていいかわからない様子だった。「今のアンガスは自分の世界に引きこもっていて、何も理解できないみたい」不意に叔母の声が沈んだ。「始終あなたのお母さんのことをきくの。どこへ行ったかって。アンガスの中ではまだ生きているのね。たぶん居間にいると思うわ」

　叔母はハビエルに怒りに満ちた視線を向けた。

「グレースがあなたをここへ連れてきた理由は知りませんし、兄が銀行のお金を横領したこともわかっています。でも、兄を動揺させるために来たのなら、わたしを殺してから兄に会うのね」

「動揺させるつもりはありません」ハビエルはきっぱり言い、グレースに視線を向けた。

「許すと言いに来たのです」

「どうして？」パムはいぶかった。

ハビエルはいったん口を閉じ、グレースのつややかなブラウンの髪と震える唇を見つめた。「娘さんに恋してしまったからです。彼から祝福の言葉をもらいたい。グレースと結婚するつもりなので」

「まあ、なんと……」パムは言葉を失った。「いつ出会ったの？　五分とたっていないんじゃない？」叔母は呆然《ぼうぜん》としてグレースを見た。

「出会った瞬間、わたしは生涯ハビエルを愛すると確信したの」あざけりが浮かんでいるはずの彼の顔は見たくない。なのにグレースの視線は自然とハビエルに向いた。彼はまつげを伏せて表情を隠したが、あざけりとは違う不可解な感情がかいま見えた。

「まあ、なんと」叔母は繰り返した。「きっと血筋ね。アンガスもスーザンをひと目見て恋に落ちたのよ。スーザンがいなければ生きていけないとよく言っていたわ。悲しいけれど、事実だったようね」

「父がハビエルとの関係を理解してくれればいいけれど」グレースは不安げに言い、居間に入った。父は椅子に座り、ぼんやりと庭を眺めている。彼女はすぐに歩み寄って傍らにひざまずいた。「お父さん、わたしよ。もう心配することは何もないの。ハビエルのおかげで起訴されずにすんだの」

「やあ、グレース」夢想から覚めたように、アンガスは娘を見つめた。やつれた顔にかすかな笑みが浮かび、目に涙があふれた。「おまえのお母さんがどこにも見つからないんだ」

「捜してくるわ」グレースは優しく請け合った。家でいつも枕もとに置いていた写真のことを言っているのだ。大切に箱に入れてしまってある。見つければ自分の気も休まると思いつつ、グレースは父の腕を握りしめた。「その前に話したいことがあるの」

7

「お時間です」

ドアの外から声がかかり、高い塔から景色を眺めていたハビエルは身をこわばらせた。

「ありがとう、トーレス」窓を離れ、執事に小さくうなずく。「すべて順調だね？」

「はい《シ》。列席者はチャペルに集まっています」

「セニョリータ・ベレズフォードは？」

「広間でお待ちです。打ち合わせどおり、わたくしがチャペルまでご案内します」

「よし《ブエノ》」ハビエルはグラスを口に運び、ウイスキーを一気に飲み干した。胸の奥底に潜む不安の表れだろうか？　いや、そんなばかな、と彼は思い直した。このエレーラ公爵は祖父と同様、不安といった感情とは無縁だ。「トーレス」ハビエルは執事を見て咳払《せきばら》いをした。「セニョリータ・ベレズフォードはどんな様子だ？」

「どんな様子かと？」執事は当惑してきき返した。

「そう……幸せそうか？」ハビエルの高い頬骨にうっすらと朱が差した。

「もちろんです」トーレスの顔がほころぶ。「もうすぐ公爵夫人になるのです。当然、大喜びなさっています。それに、とてもお美しい」

普段は無表情な執事の顔に笑みが広がったが、ハビエルの心は浮かなかった。自分の妻になることで、グレースが大喜びしているとはとうてい思えない。

ウエディングドレスを着たグレースがうっとりするほど美しいのは確かだろう。しかし、ハビエルは執事がこれほど熱をこめて賞賛している様子を喜ぶ気にはなれなかった。

そもそも、グレースが獅子《しし》城に現れるまで、ハビエルはトーレスが笑えるとは思ってもいなかった。城も使用人も暗く沈んでいたのに、この三週間で一変した。いかつい要塞《ようさい》全体に、グレースの薔薇《ばら》のような優しいほほ笑みが染みわたったようだ。ただし、ハビエルのまわりを除いて。

ハビエルはおもしろくなかった。グレースは親しげで温かな物腰ですぐに使用人の心をつかんだのに、ハビエルにはいっこうに打ち解けず、日増しに冷淡になっていく気がした。毎晩の食事が苦痛だった。それでも彼は、ほかの者に見せる穏やかな微笑を自分にも向けてほしいと願っていることを認めるつもりはなかった。

「何かご用はおありですか？」

完璧《かんぺき》な執事であるトーレスは焦りを表に出すことはないが、チャペルで待つ客がそわそわし始めはしないかと懸念しているのがハビエルにはわかった。グレースは強要されて結婚するのだと打ち明けたら、トーレスはどう思うだろう? ハビエルは、結婚式まで一時間を切った今も、グレースに最後までやり遂げる決意があるのか確信が持てなかった。

ここ数日はエレーラ銀行のことを考えもしなかったことに気づき、ハビエルは驚いた。この結婚の唯一の目的は自分が持つ正当な権利を得るためではなかったのか? それなのに、グレースがチャペルに現れないかもしれないと思うと、不安のあまり胃がよじれた。だが、口の中の苦いものをのみ下すと、正常な感覚が戻り、ある光景が脳裏によみがえった。

グレースは叔母のペンションを発《た》つ間際、父親をしっかりと抱きしめた。大きな青い目に涙を浮かべながら、父親に愛していると震える声で伝えていた。あの献身的な愛情は疑う余地がない。父親のためなら、毛嫌いしている男性とでも結婚するだろう。

「だんなさま?」

「わかった。そろそろ行こうか」

ハビエルは部屋を出て、トーレスのあとから西の塔のらせん階段を下りていった。ぼくとグレースは契約し、ぼくは約束を果たした。柄にもなく良心の呵責《かしゃく》にさいなまれるなんてばかげている。ぼくのおかげで彼女の父親は刑務所行きを免れたのだから。

もっとも、イーストボーンで見たアンガスは、三年前にハビエルがエレーラ銀行の支店長に任命した堂々たるビジネスマンとはまるで別人だった。やせ衰え、手を小刻みに震わせる姿は哀れを催した。見るからに脆弱《ぜいじやく》な精神状態を目の当たりにし、ハビエルは衝撃を受けた。

何がきっかけでアンガスは銀行の金に手を出したのだろう？　大金を盗んだのに、羽振りがよくなった様子もない。妹のペンションの一室に身を寄せる、落ちぶれた男にすぎなかった。贅沢《ぜいたく》とはほど遠い。

いったい三百万ポンドはどこへ消えたんだ？　すべてグレースのために使われたのか？アンガスの娘は、父親が手を汚して得た金を喜んで使い続ける性悪娘に違いないと思っていた。ところがこの数週間で、見方を変えざるをえなくなった。

広い玄関ホールで、ハビエルは歴代の公爵の肖像画を見あげた。少年時代にこの城に引き取られて以来、力がすべてだと祖父から教えこまれてきた。愛のような感情は弱者のものであり、エレーラのライオンは強大で孤高の存在なのだ、と。

そうであれば、ハビエルの心の中にグレースが入りこむ余地はないはずだった。ところが、どうしても頭の中から彼女の存在を追い払えなかった。これまでの恋人たちと比べれば目立たない小娘にすぎないのに、グレースはハビエルの心の中で大きな位置を占め、夢にまで出てきて彼を悩ませた。控えめで穏やかな美しさが、今までの女性とまったく違う形でハビエルを苦しめていた。周囲に見せつけるためのキスなのに、彼は欲望をあおられた。

ハビエルはしっかり心に刻みつけた。ぼくはグレースのセクシーな体に引かれているにすぎない、と。今夜、つまり結婚式を挙げた夜に、グレースを我がものにすれば、悩みは消えてなくなるだろう。

グレースはぼくに借りがある、とハビエルは中庭を通ってチャペルに向かいながら思った。彼女の父親が横領した理由ははっきりしないが、そのせいで祖父はぼくの判断力に疑念をいだき、遺言に結婚を条件とする一項を加えることになった。エレーラ銀行の頭取となるために、一時的にグレースがぼくの妻になるのは当然の報いだ。

わたしはとうとう結婚してしまった。グレースは指にはめたシンプルな金の指輪を落ち着きなくいじった。ぴたりと指におさまっている。さっきハビエルがはめてくれたとき、古いチャペルのひんやりした空気と不安で寒気を覚え、歯ががたがた鳴らないよう歯を食いしばっていなければならなかった。しかし今、にぎやかな祝宴会場は暑い。料理とともに飲み干したシャンパンも手伝って、頬が熱くほてっていた。

長い一日が早く終わってほしい。けれど、ハビエルの琥珀《こはく》色の目に浮かぶ期待の色を見れば、夜は昼間よりさらに過酷なものになりそうだ。胃の痛みに顔をしかめながら、グレースはひそかに部屋を見まわした。するとすぐに夫の姿が目に飛びこんできた。

食事がすみ、歓談の時間となった。ハビエルはグレースが今日初めて会った人たちと話している。仕事上の知り合いらしい。彼女が紹介された人たちの中には、ハビエルが銀行の頭取の地位を引き渡すことになったかもしれない、いとこのロレンツォ・ペレスもいた。ロレンツォはこの突然の結婚の真相に気づいているのかしら？　弁護士のラモン・アギラール以外の誰かに知られている可能性はないのだろうか？　ハビエルは隠しておくと言っていたけれど。プライドが高い彼は、祖父の信頼を失って、怒りだけでなく、心の痛みを感じたに違いない。グレースにはそれがわかっていた。

ハビエルは複雑な男性だ。グレースはため息をつきながら思った。罪つくりなほど魅力的な彼の顔から目が離せない。チャペルの祭壇で待っていたハビエルは冷ややかで超然としていた。それでもグレースはセクシーな魅力に圧倒され、急に脚に力が入らなくなり、付き添うトーレスの腕にすがった。

想像以上に感動的な結婚式だった。グレースは目に涙をたたえ、震える声で誓いの言葉を述べた。その昔、心を通い合わせた人生の伴侶《はんりょ》との結婚式を、どれほど夢見たことか。結婚は死ぬまで続く契りだと信じていた。リチャード・クウェンティンこそ、その相手だと思ったのに、あえなく裏切られ、グレースは自分の判断力が信じられなくなった。そして、非情だと評判の〝エレーラのライオン〟と愛のない結婚をする羽目に陥ってしまったのだ。

「そんな情けない顔をしていると、招待客に初めての夫婦げんかをしていると勘ぐられてしまうぞ」

いつものあざけるような声がいきなり聞こえてきて、グレースはぎくっとした。虎《とら》のように気配を消して忍び寄る彼に腹が立ち、にらみつける。まるで自分が今にも襲われそうな小動物になった気がした。

「どうしたんだ?」ハビエルは鋭い目でグレースの目の陰りをとらえ、椅子を引いて隣に座った。

コロンと彼自身の男らしい香りがグレースの鼻をくすぐる。「別に。父がここにいればいいのにと考えていただけよ」彼女は唇を噛《か》んだ。「たとえ結婚式に両親がいなくても、ひとりぼっちになるとは思ってもいなかったわ」

「四百人もの客がいるじゃないか。決してひとりぼっちじゃない」ハビエルは厳しい声で戒めた。

「でも、誰も知らないわ。わたしの友だちではないもの。この中にあなたの友人はいるのかしら? もしかして結婚式は、ビジネス関係者が交流する場にすぎないの?」皮肉をこめてきく。

「もうこれ以上、我慢する必要はない」ハビエルが冷ややかに言った。「一時間以内に披露宴は終わる。長居をする客はいないさ。ぼくが新婦をベッドに連れていきたくてうずうずしているのがわかっているからね。疑われないためにも……」ハビエルは顔を寄せ、妻の唇を奪った。

彼の自在な動きでグレースは息が苦しくなった。彼女の髪は結いあげられ、真珠とダイヤモンドのティアラで留めてある。そのためにあらわになった細いうなじに、ハビエルが片手を滑らせた。客たちに向かって、新妻をベッドに連れていきたいという意思表示をしているのだ。

抵抗しなくては。キスでぼうっとなった頭でそう考えながら、グレースは彼の胸を押し返そうとした。ベッドをともにしてこの偽りの結婚を完全なものにする気はないとどう伝えるか、ずっと悩んできた。チャペルでは嘘《うそ》の誓いを立てたが、自分の心には正直でありたい。愛していない男性に体をささげるなんてごめんだ。

今こそ伝えなくては。情熱の一夜を過ごすつもりだと思わせてはだめよ。にもかかわらず、固く結んだ唇を開こうとする彼の濃厚なキスに、グレースの頭はまともにものを考えられなくなった。

チャペルで牧師が結婚の成就を宣言したとき、ハビエルのキスは穏やかで、グレースは思わず反応を返していた。ところが今のキスは激しく攻めたててくる。ぞっとするはずなのに、彼のむきだしの欲望が熱となってグレースの血管に流れこんだ。

とうとうグレースは低い声をもらし、ハビエルにもたれて唇を開いた。いいぞというように喉の奥でうなる彼の声を聞き、グレースの全身を震えが駆け抜ける。こんな感覚は初めてだった。すべてを焼きつくす激しい欲求に胸はうずき、おなかの奥がむずむずする。

彼女は無意識にハビエルの胸に片手をぴったりと添えていた。

ハビエルはキスをやめてグレースを見下ろした。彼女の目に宿る当惑に気づき、目を輝かせる。この薔薇のようなイギリス人女性は、ぼくを嫌っているかもしれないが、彼女の体はぼくを求めている。そう思うと、彼の中に満足感がこみあげた。

「トーレスに、新郎新婦への最後の乾杯をしてもらおう」グレースの驚いた顔を見て、ハビエルの唇は問いかけるように冷酷な弧を描いた。

「お客さまをほうりだすわけにはいかないわ。どう思われるかしら?」

「気にするものか。ぼくはきみが欲しくてたまらないんだ。このダイニングテーブルで奪ってしまいそうなくらいに。社交マナーなどどうでもいい」

「ハビエル……」グレースは息を深く吸った。「わたしは……あなたと寝たくないわ」

ハビエルはシャンパンを飲み干してから、半ば閉じたセクシーな目をグレースに向けた。

「ぼくも寝たくない。長い夜の間、寝るよりもっと楽しい行為に二人でふけるつもりだ」

彼が値踏みするような視線を注ぐと、グレースは顔を赤らめた。ハビエルは低く笑い、彼女を憤然とさせた。「清純なバージンそっくりの態度は、なかなかそそられる。そのふりをしているのはお見通しだ」彼はいやみをこめて言った。「だが、もうその必要はない。ぼくはむしろ、ベッドでの技に自信を持っている女性のほうが好きだ。きみが雌虎に変身するのを期待しているよ」

「あいにくご期待にはそえないわ」グレースはすぐさま言い返したが、若い女性が近づいてきたのを見て口をつぐんだ。

「ずっと捜していたのよ」若い女性は不満げに言った。「一緒にダンスをするって約束したでしょう」

「ご覧のとおり、妻と話しているんだ」ハビエルは落ち着いて答えた。「きみを賞賛している若い男性が大勢いる。彼らに踊ってもらったらどうかな?」

「あなたとしか踊りたくないの」

ハビエルが口にした〝妻〟という言葉に、グレースはおなかのあたりに奇妙な感覚を覚えた。それで、彼と視線を合わせることができなくなり、しかたなく若い女性に目を転じた。ハビエルに恋心をつのらせているのは明らかで、グレースは身がこわばるのを感じた。そして、その若い女性にハビエルがいつものように辛辣《しんらつ》な言葉を投げつけるのを待った。

ところが、彼は思いやりに満ちた温かな笑みを女性に投げかけた。

「申しわけないが、ダンスはまたの機会に。ほら、きみのお父さんが帰り支度を始めているよ」

「まだ真夜中にもなっていないのに。パパったら、せっかちなんだから」若い女性はかわいらしく口をとがらせ、目にかかる黒い巻き毛を誘うようなしぐさで払った。グレースには目もくれない。「じゃあ次の機会にね、ハビエル」彼に投げキスをして、若い女性は部屋の向こうへ去っていった。

「ミゲルはあの娘に手を焼くことになるだろうな」ハビエルがつぶやいた。

グレースは女らしい丸みを持つ彼女の後ろ姿を目で追いながら、何やら嫉妬《しっと》めいた感情にとらわれた。「とても若いのね。誰なの？」

「ルシータ・バスケスだ。父親のミゲルとぼくの祖父は親友だった。彼女が生まれたとき、ミゲルは六十歳に近かったから、甘やかしほうだいだったに違いない」ハビエルの声には温かみがあった。「祖父は、ぼくとルシータが結婚して二つの銀行家一族が結びつくのを期待していた」

「だったらなぜ結婚しなかったの？」グレースは率直に尋ねた。「ルシータがあなたに夢中なのは誰の目にも明らかだわ」

不意にハビエルの笑みが消えた。「ルシータは恋に恋しているだけさ。じきにぼくが白馬の王子さまではないことを悟る。彼女はぼくが女性に与える以上のものを求めている」

愛のことだわ。そう思ったとたん、グレースはなぜか急に体の中ががらっぽになった気がした。ルシータと違い、わたしはハビエルとの関係に幻想をいだいたりしない。この結婚は、互いに最も必要とするもの、つまり、わたしは父の赦免、ハビエルはエレーラ銀行の経営権を得るための契約にすぎない。だから、ルシータに見せたような温かい笑顔を向けてほしいと彼に望むのはばかげている。わたしたちはビジネス上のパートナーと同じなのだから、わたしの義務は寝室のドアの前までだ。それを納得させなければ、とグレースは心に決めた。

「あなたは寂しくないの？」彼女はかすれた声で尋ねた。「誰にとっても愛は必要だわ」

ハビエルはしばらくの間、探るような目でグレースを見つめた。「なんの意味もない感情で、物事をあやふやにさせる必要がどこにある？　経験上、無償の愛などありえない。気持ちが高揚するどころか、軟弱化して何もかも失いかねない」アイボリーのシルクのウエディングドレスに視線を走らせ、彼は皮肉な笑みを浮かべた。「ロマンティックな状況に惑わされたのだろうが、存在しないものを探すのはやめることだ。ぼくたちの間にあるのはただの欲望だ。官能の魔法できみの目は夜空の色に変わり、ぼくがキスをすると欲望に身を焦がす。それだけだ」

「うぬぼれているわ」ハビエルの言葉で呼び覚まされた反応を隠すため、グレースは怒りをかきたてて険しい口調で言った。さっきキスをされたとき、喜びにわなないたことに気づかれたのが恥ずかしくてたまらなかった。四百人に及ぶ客の目の前でさえ渇望に震えてしまうのに、二人きりになったときにどうしてハビエルを拒めるというの？

まるで目で服を脱がせているようなハビエルの視線を浴び、グレースの全身が期待にうずいた。ただの欲望だと自分に言い聞かせる。自尊心にかけて、誘惑に負けるわけにはいかなかった。

「息抜きしてくるわ」グレースは立ちあがった。ハビエルがついてきそうだったので、慌ててつけ加える。「いとこがあなたと話したがっていたわよ」

グレースは客たちの間を縫って披露宴会場を出ると、ドレスの裾《すそ》を引きずって階段を上がった。そして自室に入るなり、立ちすくんだ。上掛けもシーツも片づけられ、ベッドの板がむきだしになっている。彼女は小さな悲鳴をもらしながら部屋の奥へ行き、衣装だんすを開けた。案の定、からっぽだった。

ふと戸口に人の気配を感じ、グレースは振り向いた。「コンスエラ、わたしの持ち物はどこに？」息も絶え絶えにメイドに尋ねる。

「主寝室です」スペイン人のメイドが笑顔で答えた。「公爵さまから移すように言われました」

グレースは吐き気を抑えて小走りに廊下を進み、ハビエルの部屋のドアを開けた。どっしりとした四柱式ベッドが置かれている。紫と金色のカーテンがシルクのひもで結ばれ、上掛けが誘うようにめくられていた。毒蛇の巣穴に飛びこんだほうがましだわ。そう思いつつ、彼女はベッドの上に置かれたナイトドレスに目をやった。

この数週間、グレースは、ハビエルから公爵夫人にふさわしい服、靴、アクセサリーを数えきれないほど与えられた。コンスエラがセクシーなナイトドレスを何枚も取りだすのを見たときには、思わず赤面したものだ。今夜は、身ごろが透けるレースになったピンクのものが選ばれていたが、グレースの頭の中はどうやって逃げるかでいっぱいだった。

「ティアラをお外しになりますか?」コンスエラがグレースに声をかけた。「さぞかし重いでしょう」

「しかも高価よね」グレースは沈んだ声で応じた。「落とさないか不安だったから、きつく留めてあるわ」いらだちを隠そうとしているうちに、コンスエラはティアラを取り、シニョンのピンを抜いてシルクのような髪を背中に垂らした。

「トーレスの話では、エレーラ家の花嫁はみんなこのティアラをつけたそうです」メイドが言う。「幸せを呼ぶんです」そこで彼女ははにかんだ。「たくさんの赤ちゃんも」

「そう」グレースはそっけなく言った。「どちらも期待しないことにするわ」グレースはため息をついた。コンスエラに出ていってほしかった。この若いメイドは大好きだが、ハビエルは客とひと晩じゅうおしゃべりをして過ごすわけではない。なんとしても自分の着慣れたパジャマを見つけ、もとの部屋に戻らなければ。彼が二階に来て夫としての権利を行使しようとする前に。

考えただけで、グレースは気がめいった。そこへドアのほうからハビエルの深みのある甘い声が聞こえ、彼女は身をこわばらせた。

「ありがとう《グラシアス》、コンスエラ。もういいから、二人きりにさせてくれ」メイドに声をかけつつ、ハビエルはグレースを見すえた。

くすぶったような彼の目を見て、グレースは息をのんだ。遅すぎた。彼女は青ざめ、目を大きく見開いたが、次の瞬間には無意識のうちに堂々たる長身とたくましい胸に見とれていた。

「客をほうりだして、わざわざ来なくていいのよ」グレースはかすれた声で言った。

「ほうっておけばいいさ」ハビエルはぞんざいに言い、コンスエラが出ていってからドアを閉め、鍵《かぎ》をかけた。「心配するな。トーレスが、誰も邪魔しないように取り計らってくれる」

グレースの憂いを帯びたかすれ声の意味を、ハビエルは勘違いしたようだった。

「今夜は誰にもプライバシーを侵害されることなく、二人きりで楽しもう」

「わたしのプライバシーはどうなるの?」グレースはあえぐように言い、ハビエルが近づいてくるのを見てあとずさった。まるで黒豹《くろひょう》だわ。危険きわまりない。でも、本当に怖いのは彼ではなく、自分自身だ、と彼女は悟っていた。そしてハビエルに対するわたしの反応も。「自分の部屋で眠りたいわ」単刀直入に言う。「疲れているし、頭痛もするの」

「かわいそうに、ベイビー」

ハビエルがさらに近づいたため、グレースの背中がドレッサーにぶつかった。

披露宴会場にもあった淡いピンクの薔薇が花瓶に生けてあり、部屋じゅうに芳しい香りが満ちている。ハビエルがふと、ほころび始めたつぼみを手に取り、かすかにのぞいている花びらでグレースの頬を優しく撫《な》でた。グレースは彼を見つめるばかりだった。

「今日の花は気に入ったかい？」ハビエルは、乾いた唇を舌で湿すグレースを鋭い目で見つめた。

「きれいだったわ。薔薇は大好きよ」

「知っている」ハビエルはおもむろにほほ笑んだ。初めて出会ったとき、彼の庭から薔薇を摘み取ったことを覚えていたのだ。「薔薇の花はきみを思わせる。繊細で美しく、完璧な形をしている。だが、人を傷つける刺《とげ》がある」ハビエルは憂いをにじませてつけ加えた。

なぜかグレースはハビエルの手に目を引きつけられた。小さな絆創膏《ばんそうこう》がはられているのは前から気づいていたが、血がにじんでいるのが見え、彼女は眉を寄せた。「その手はどうしたの？」

「なんでもない」ハビエルは肩をすくめ、グレースの髪に指を滑らせた。彼の目は眠たげで、官能的な熱を帯びている。動かなくてはと思っても、グレースの脚は床にはりついているかのようにぴくりとも動かない。顎に触れたハビエルの手で顔を上向かせられるや、彼に身を寄せずにはいられなかった。

夢のようなすばらしいキスに、グレースの五感はたちまち目覚め、防御はやすやすと取り除かれた。心臓が早鐘を打ち、呼吸もままならない。こんな調子で彼とどう闘えばいいの？　そもそも、この体の中で渦を巻く欲望に身を任せるのがそんなに悪いことかしら？　グレースは熱に浮かされたように思いを巡らし続けた。ハビエルは夫なのだから。たとえ、二人の結婚がまやかしで、彼を愛してはいなくても。

ハビエルの唇が喉へ移動し、脈打つ首の付け根にとどまる。彼の体から発散される男らしい香りと熱が、グレースの欲望に火をともした。耳たぶを軽く噛まれ、喜びのあまり息をのむ。そして、もう一度唇が重ねられた。今度のキスには、彼女をベッドに連れていきたいという願望がこもっていた。

「ハビエル、だめ」ドレスの小さな真珠のボタンを外していくハビエルの指を背筋に感じるなり、グレースは訴えた。意志の力をかき集め、ハビエルの胸を押し返す。「あなたとベッドをともにするつもりはないわ。本気よ」険しいまなざしでハビエルを見つめる。「あなたを欲しいとは思わないの」

「嘘はやめろ」

嘲笑《ちょうしょう》とあまりに尊大な態度に、グレースは歯を食いしばった。

「きみがぼくに夢中なのは明らかだ」ハビエルはウエディングドレスの胸もとを押しあげる二つの胸の先端を凝視した。「ぼくと同じくらい、きみも求めている。そんなにはっきりと体が反応しているのに、まだ否定するつもりか？」

「体はあなたの愛撫《あいぶ》に反応するかもしれないけれど、心は拒否しているわ。肝心なのはそこよ」

きつい言葉に、ハビエルの目が険しくなる。「だが、きみはぼくの妻だ」

グレースに抵抗する暇を与えず、ハビエルは彼女に後ろを向かせてドレスのボタンを外し始めた。しかし、すぐにもどかしくなり、布地を力任せに引っ張った。小さな真珠が音をたてて四方に飛び散る。

「やめて!」甲高い悲鳴をあげ、グレースはドレスを胸に押し当てた。「せっかくのドレスが台なしだわ」ひと目見て気に入った夢のようなドレスをあっという間にめちゃくちゃにされ、グレースはハビエルに食ってかかった。「野蛮な人! あなたのそばにいたくないと思うのも当然だわ」

「そうだろうね」顎こそこわばっているものの、ハビエルの口調に怒りはなく、穏やかにも、うんざりしているようにも聞こえた。「だが、本心を聞かせてくれ。きみはぼくの欲望を利用したんだろう? すでにぼくはきみの父親を救うために大金を使った。今度はセックスの見返りに金を求めるつもりか?」

グレースの手がハビエルの頬を打つ音があたりに響いた。そして沈黙が落ちたのもつかの間、ハビエルが動き、彼女のドレスをすばやく肩から外した。

小ぶりな白い胸があらわになり、グレースは再び悲鳴をあげた。「ハビエル、やめて。こんなのはいや」両手で胸を隠そうとしたが、さっと抱きかかえられ、彼女はたくましい肩をこぶしてたたいた。しかし、なんの効果もなくベッドの上に組み敷かれた。

「ゲームは終わりだ」ハビエルは彼女の両手首をつかみ、頭の上に固定した。

ハビエルの熱い視線に焼かれ、グレースの肌は今にも焦げそうだった。彼が頭を下げ、激しく上下する胸の先端を口に含むと、グレースは拒絶と欲望の入りまじった感覚に打ち震えた。口の中で先端を自在に転がす甘い責め苦にもだえ、彼の唇が反対の胸に移ると、せつない吐息をもらした。

ほどなくハビエルが体を離し、転がるようにベッドから下りた。「きみはチャペルでぼくの妻になると誓った。きみ自身の名誉にかけて、その約束を果たしてもらおう」

「あなたに名誉の何がわかるの？」正気を取り戻して言い返したところで、グレースは呆《ぼう》然《ぜん》とした。ハビエルが服を脱ぎだしたのだ。彼女は無意識のうちに、あらわになっていく褐色の肌に見入った。

ハビエルは黒いシルクのボクサーパンツに指をかけ、わざとゆっくり下げて興奮のあかしをあらわにした。

「まあ……」グレースは狼狽《ろうばい》して身を起こし、ヘッドボードまであとずさった。「ハビエル、わたしにはできないわ。お願い、考え直して」彼女は蒼白《そうはく》な顔で必死に訴えた。男性の裸体を見たことがないわけではない。雑誌やテレビのいかがわしい商品の宣伝で目にする。しかし、実物を見るのは初めてだった。ハビエルの怖いほどの高まりを見せつけられ、彼女は力なく目を閉じた。

「だんだんうんざりしてきたよ。なぜそこまでおびえ、バージンのふりをするんだ?」

「おびえたバージンだからよ」グレースはやっとの思いで答えた。

「ああ、そうだろうとも」

辛辣な言葉の裏に強いいらだちが潜んでいるのを感じ取った次の瞬間、ハビエルに足首をつかまれて引っ張られ、グレースはあえいだ。ハビエルが隣に横たわり、マットレスが沈む。

「くそっ! 少なくとも嘘をつくときには、こちらを見るくらいの礼儀をわきまえろ」声を荒らげたものの、まつげを上げたグレースの目に恐怖の色を認め、ハビエルは身を硬くした。

「本当に……男の人とベッドをともにしたことは一度もないの」グレースは意を決して打ち明けた。

「きみは婚約していた! それもプレイボーイとして有名な男と」ハビエルが怒気をこめて指摘した。

「出会ったときはリチャードの本性を知らなかったわ」グレースは頬を染めた。「わたしをベッドに誘おうとしなかったから、本物の紳士だと思ったの」

「だが、そうではないとわかったわけだ。何があった?」

グレースは喉をごくりとさせた。ハビエルは辛抱強く返事を待っていた。

「ロンドンに引っ越してすぐ、リチャードと出会い、わたしは恋に落ちたの」グレースはかすれた声で切りだした。「母の死の直後で落ちこんでいて、寂しくてたまらなかった。隙《すき》だらけだったんでしょうね。笑いを忘れていたわたしを、リチャードは笑わせてくれた。結婚を申しこまれて、舞いあがったわ。しかも、ベッドをともにするのは結婚式まで待つと言われ、心から愛されていると信じたわ」

つらい過去がよみがえり、グレースはため息をついた。

「挙式の数週間前、驚かすつもりで彼のフラットを訪ねたの。愛しているからもう待てないと言うつもりだった。生涯を一緒に過ごすのだから、本当の恋人になりたかった。ところが、驚かされたのはわたしのほうだった。渡されていた鍵で中に入ったら、彼は家政婦とベッドで抱き合っていたわ」

「それで、婚約を破棄したと？」

「もちろんよ。結婚は生涯の約束だもの。両親の結婚がそうだったように」今日、ハビエルと交わした誓いを思い出し、グレースは唇を噛んだ。「リチャードとの愛は永遠に続くと思っていたのに、まがいものだった。この結婚と同じね。リチャードは、わたしの無邪気な愛で自尊心をくすぐられ、結婚しようと思っただけなのよ。彼が仕事で遅くなっても、突然、数日間の出張に出かけても、何も尋ねなかった。だから、願ってもない相手と思ったんだわ」

グレースは深呼吸をし、悲しげな目でハビエルを見つめた。

「リチャードにつらい目に遭わされたけれど、わたしは愛を信じているの。両親のようにずっと続く深い愛を。いつか、永遠に愛せる男性と出会えると信じているの。その人こそ、わたしが名誉をかけてこの身をささげる相手よ」

ハビエルは琥珀色の目をぎらつかせ、いらだちもあらわにグレースを見つめた。「くそ《ディオ》っ《ス》！」汚い言葉を吐き捨ててベッドを出て、すばやく下着を身につける。「なんて運が悪いんだ！　魅惑する魔女の姿態と乙女の純潔をあわせ持つ女性を妻にしてしまったとは」

ハビエルは嘆息し、グレースに向かってピンクのナイトドレスをほうった。「ぼくが戻るまでにそれを着ているんだ」

「どこへ行くの？」胸にナイトドレスを押し当て、グレースは尋ねた。

「冷たいシャワーをたっぷり浴びてくる」

「もとの部屋で寝るから、鍵を開けて」

「ここは二人の寝室だ。今後、ぼくたちはここで寝起きする」ハビエルははねつけた。

「使用人にも誰にも、恋愛結婚ではないと思わせるつもりはない」

「でも、ここにはいられないわ。眠れないもの」

「努力するしかない。もし、隣に戻ったときに起きていれば、きみの嫌いな野蛮な男が欲望を抑えられるという保証はないぞ」そう言い残し、ハビエルはバスルームに入り、荒々しくドアを閉めた。

8

ベッドで眠たげに寝返りを打ったグレースは、もはやなじみとなった声を聞いてぱっと目を開けた。

「やっとお目覚めか。こんなにぐっすり眠る女性は初めてだ」

「清らかな心の持ち主だからよ」愛想よく言いながらも、黒いジーンズとニットのセーターを身につけたハビエルから目を離せず、グレースの鼓動は速まった。「あなたはよく眠れなかったみたいね」

「そのとおり。だが、心のせいで安眠を妨げられたわけではない」ハビエルは意味ありげに言い、ベッドに近づいた。「きみが誘うようにしがみついてきたからだ」

「しがみついてなんかいないわ」グレースは否定したものの、からかうようなハビエルの大きな目をまともに見られなかった。昨晩のことはほとんど覚えていない。ただ、ハビエルの大きなベッドは温かく、奇妙な安心感を覚えた。彼に寄り添ってひと晩過ごしたなんてありえないわよね？　彼の無表情な顔に警戒のまなざしを向けたとき、疑念がわいた。「あなたが紳士だったと望むのは無理な注文かしら?」

「罪は犯さなかったよ」ハビエルはにやりとした。「ぼくが誘惑に負けてナイトドレスから透けて見える体を探っていれば、きみは覚えているはずだ」そう言いながらグレースにすばやく近づき、彼は唇を奪った。そして頬を染めるグレースを見下ろし、ナイトドレスの下に浮かびあがる濃いピンク色の胸の先端に目を留めた。「愛を交わすのは、きみがはっきり目覚めているときだ。あらゆる喜びを存分に味わってもらうよ」

グレースは大きく息を吸い、ハビエルから目をそらした。「ゆうべ、わたしが言ったことを聞いていなかったの? わたしは愛していない男性に体をささげるつもりはないのよ」

ハビエルは低く笑い、戸口へ向かった。「きみがぼくを愛するように仕向ければいいんだろう?」

そんなことできるわけないわ。グレースは心ひそかに言い返したものの、心臓は大きく打っていた。「あなたは愛を信じないんでしょう?」

「ああ。だが、欲望は信じる。二人を引きつけるこの力をどう呼ぼうとかまわないが、激しく燃えあがっていることは、きみもわかっているはずだ。きみの防御を崩すのが楽しみだ」ハビエルはいつものように傲慢《ごうまん》に言った。「だが、今は起床の時間だ。もうすぐコンスエラがきみの朝食を持ってくる。それから飛行機に乗る」

「どこへ行くの？」

「今日から一週間、セイシェル諸島で過ごす」

ドアを開けて出ていこうとするハビエルに、グレースは問いかけた。「仕事で？」サファイア色の目に困惑の色が浮かぶ。

「いや。ただの旅行だ」答えるハビエルの目に意地の悪い光が宿った。

グレースがさらに質問する前に、朝食を持ったコンスエラが現れ、ハビエルはそれを機に出ていった。

「楽しみですね」メイドがにっこり笑い、グレースの膝にトレイをのせた。「セイシェル諸島でハネムーンなんて、ロマンティックだわ。公爵さまはいかめしいお顔をしていますが、心は温かいんです」

新郎に対する誤った印象を正したくてグレースがうずうずしていることに気づかず、コンスエラは陽気に続けた。

「残念ながら、お帰りになる前にこの薔薇《ばら》は枯れてしまうでしょうね」コンスエラはドレッサーに散った数枚の花びらを拾った。「公爵さまは、奥さまのためにご自分で摘んだんです。そのとき、指を刺《とげ》で引っかいてしまって……」コンスエラは笑った。

エレーラ公爵の謎《なぞ》を解く手がかりね、とグレースは思った。朝食に目をやったものの、食欲は失《う》せていた。わたしが結婚した男性はいったいどういう人なの？　情け容赦なく冷たい心の持ち主だと信じていたのに、苦労してわたしの大好きな薔薇を摘んで花束にしてくれた。そして、世界一ロマンティックな場所へハネムーンに連れていってくれるらしい。一刻も早くエレーラ銀行の頭取になりたいとそわそわしているに違いないと思っていたのに。とはいえ、彼が結婚した理由は、銀行以外に求められない。

五日たっても、グレースはハビエルの真意をつかめなかった。贅沢《ぜいたく》な海辺の別荘に着いてからのハビエルは魅力的で、思いやりにあふれ、彼女に猛犬をけしかけた男性と同一人物とは思えなかった。

ハビエルは、いったいなんのゲームをしているのかしら？　グレースはいぶかった。もっとも、彼の魔法にとらわれてしまうのは、自分のせいだと自覚していた。強烈な男らしさを見せつけられても平然としていようと心に誓っているにもかかわらず、ハビエルが近くに来ると体が勝手に反応した。

二人は別荘のプールや青くきらめく海で泳いだ。太陽の下、さまざまなことを話しながら白砂の浜を散歩した。もちろん、グレースの父のことと、この結婚の目的に関する話題は巧みに避けられた。

ハビエルは鋭い知性とウイットの持ち主だった。多くのスポーツをたしなんでいることもわかった。映画や芸術についても語り合った。獅子《しし》城にあるムーア人の宝も話題にのぼり、ハビエルはグラナダに戻ったら目録を見せると約束した。

しかしグレースは、本当のハビエルの姿や彼が隠し持っている秘密を見つけることはできなかった。あれ以来、子供のころの話は出なかったが、両親と同じく、祖父からもほとんど愛情を注がれなかったようだから、城で暮らし始めてもずっと寂しい思いを抱えていたに違いない。

心に壁を張り巡らせているほうがかえってハビエルのためにはなったのかもしれない。

ある昼下がり、グレースはそんなことを考えていた。

その日二人は初めて別行動をとり、ハビエルは水上スキーに出かけた。グレースは彼を好きになりたくなかった。ただでさえ、彼がほほ笑むたび、気のきかない女子学生のような気持ちにさせられるのに、キスをされたときには……。

グレースはじっとしていられなくなり、サンドレスを砂の上に脱ぎ捨て、海へと走った。ひんやりした海水がほてった肌にまつわりつく。腕が痛くなるまで泳ぎ、筋肉をほぐすつもりだった。これは欲求不満のはずはないと言い聞かせつつも、体は納得していなかった。ハビエルに会うまで、自分は欲望が乏しいと思ってきた。彼が琥珀《こはく》色のけだるい目をちらりと向けただけで、体がうずくのが腹立たしい。

別荘での初日、ハビエルの膝にのせられてエロティックなキスをされ、グレースは息がつけなくなった。そのとき、彼女は怒りをぶつけた。〝わたしをいやな目に遭わせる権利はあなたにはないわ。この結婚はビジネス上の契約で、ベッドをともにする義務を負うとは契約書のどこにも書かれていないわ〟

〝だが、ルールを破ったほうが楽しくはないか？〟

ハビエルの魅力的な笑顔を見ると、グレースは常識をかなぐり捨て、体の命じるままに行動したくなった。その後、彼は場所を選ばす、気が向いたときにキスをするようになった。情熱的な唇にとらえられるたび、彼女は抵抗力が弱まっていく気がした。

仰向けになって波に浮かびながら、グレースは美しい風景に癒《いや》されていくのを感じた。浅瀬を泳いで戻り、ときおり貝殻を拾いながら、別荘が並ぶ浜辺をゆっくり歩いた。考え事に夢中で時間の観念が失われていく。冷たい風が肌をかすめるころになってようやくあたりを見まわし、グレースは夕闇《ゆうやみ》が下りていることに気づいた。

「グレース！」応答はないと知りつつ、ハビエルは誰もいない浜辺でもう一度叫んだ。いったいどこへ行ったんだ？　ワンピースと帽子は砂の上に置かれたままだ。数時間前に海へ入るグレースを見たと別荘のスタッフが言っていた。

あらゆるところを捜したが、グレースは見つからない。ハビエルはしだいに不安になってきた。おぼれるはずはないと言い聞かせながら、さっき歩いたばかりの浜辺をまた歩き始める。島の周囲に危険な潮の流れがあるという報告はないし、泳いでいるときに何かあれば、誰かが救助するはずだ。

とはいえ、グレースは小柄で独立心が旺盛《おうせい》だ。海中でもがくときも大騒ぎはしないだろう。跡形もなく沈んでしまうこともありえる。ハビエルは足を速め、声がかれるまでグレースの名を呼び続けた。

ひとりにするべきではなかったと自分に腹が立つ。たった数時間離れただけ、しかも最高のウォータースポーツ・クラブだったのに、グレースがいないと退屈だった。一刻も早く彼女の待つ別荘に戻りたかった。なぜかわからないが、ハビエルはグレースのとりこになっていた。彼女は内気で感情を表に出さないが、聡明《そうめい》でユーモアがあり、何時間でも話していられた。たいていの女性に五分程度しか関心を向けていられない彼にとっては希有《けう》なことだった。

何気なく行動していても欲望がくすぶり、抱き寄せてキスをしただけで体が焼きつくされそうになる。しかし、ハビエルはゆっくりとグレースの情熱に火をつけて楽しむつもりだった。上等なワインのように、ひと口ずつ味わうのだ。期待が魅惑的な前奏となり、グレースと交わす愛がさらに豊かになる。いくら否定しようと、彼女も求めているのだから。

なのに、グレースが姿を消した。島の人たちに協力を求めたが、無駄だった。ハビエルは持ち前の鉄の意志で不安を抑えつけ、陰った砂浜に目を凝らした。遠くに小さな人影が見える。グレースだ。のんきにこちらへ向かって歩いてくる姿を見て怒りがわいた。ハビエルはいきなり走り始めた。

「いったいどこにいたんだ？　島じゅうの人がきみを捜していたんだぞ」ハビエルはグレースの数歩手前で足を止め、噛《か》みつくように言った。こちらを見あげる顔がたまらなく愛らしい。抱き寄せて守ってやりたい。そして歯が鳴るほど揺さぶりたかった。

「ごめんなさい。時間がわからなくなったの」ハビエルの見幕に、グレースは困惑した。「何をそんなに騒いでいるの？」

その無邪気な問いかけに、ハビエルの怒りが爆発した。彼は悪態をついてグレースを抱きあげるなり、砂浜を歩きだした。

「きみは約四時間も行方不明だった。最も暑い時間帯に帽子もかぶらず、日焼け止めも塗っていなかったはずだ。日射病になっていたかもしれない」

険しい声から察するに、しかるべき罰を与えられそうだ、とグレースは覚悟した。

別荘に着いた二人を出迎えた管理人が、ほっとした表情を見せた。人々に礼を言うハビエルを見ているうちに、グレースは騒ぎを起こしたことが恥ずかしくてたまらなくなった。

二人きりになったところで、彼の腕から下りようとしたが、そのまま主寝室に連れていかれ、乱暴にベッドに下ろされた。

「わたしは大丈夫よ。自分の面倒くらい自分で見られるわ」グレースはむっとして言った。

「おぼれたんじゃないかと心配した」彼女を捜していたときのことを思い出したのか、ハビエルの顎がこわばった。「きみが海に入る姿を目撃された砂浜に、ワンピースと帽子が置き去りにされていた」かすかに頬を赤らめ、ぎこちなく肩をすくめる。「この結婚できみが幸せになったわけではないと知っているから、なおさら心配した」

「死ぬよりつらい運命かもしれないけれど、おぼれ死ぬつもりはないわ」グレースは軽い調子で言った。ハビエルの目に、怒りとともに何やら得体の知れない感情が揺らめく。彼女はそのとき初めて、彼が本気で心配していたことに気づいた。「ごめんなさい。ばかなことを言って」言い終えたとたん、ベッドに押さえつけられ、グレースは目を見開いた。

「この結婚が死ぬよりつらい運命だって?」セクシーな声でハビエルが言った。「試してみよう」

「ハビエル、だめよ。そんなつもりで言ったんじゃ……」あとの言葉はハビエルの口でふさがれて消えた。熱いキスが唇を奪う。それはお仕置きのキスだった。必死に頭を動かしても、髪にからむハビエルの指ですぐに押さえつけられた。彼は熱く激しく容赦なく、グレースを男らしさで圧倒し、組み敷いた。下腹部に欲望のあかしを強く押しつけられ、グレースの全身に熱くたぎるものが流れこんだ。

不意にハビエルの唇の力がやわらぎ、グレースの五感を刺激し始める。その巧みさにあらがえず、グレースは彼の首に両腕を巻きつけた。

「正直に言ってごらん。きみに触れるぼくの手を不愉快に思うのかい？　ぼくの唇が嫌いか？」

金色の目に悲しみが宿っているのを見て、グレースは思った。ハビエルを傷つけてしまったのだろうか？　彼の問いにグレースはゆっくりと首を左右に振った。すると、ビキニのトップのひもがほどかれ、肌にはりつく布が取り外された。グレースははっとした。

「ここを撫《な》でられるのはいやか？」

胸の先端をつままれ、あまりの衝撃にグレースの喉からすすり泣きがもれた。

「こっちは？」

愛撫《あいぶ》が反対の胸に移ると、グレースは低いうめき声をもらしながらヒップを動かした。

「さあ、教えてくれ」

返事を促す険しい声に、グレースは無理やり目を開け、ハビエルと視線を合わせた。否定して彼の顔から傲慢な笑みをはぎ取りたいのに、火のついた体は愛撫をさらに続けてほしいと要求している。

「いや……じゃないわ」グレースはかすれた声で答えた。たちまちハビエルの目に欲望の炎が燃え盛り、唇が重ねられる。その瞬間、グレースのプライドの残骸《ざんがい》は砕け散った。全身が彼を求めて震える。下腹部がうずき、脚の付け根が熱い。彼女はぼうっとした頭で考えた。信念を捨て、ハビエルがもたらす喜びに身を任せてはいけない？

彼の手がおなかに移り、さらに下へと動いて、腿の内側の敏感な肌を撫でる。いとも簡単に脚を開かされ、ビキニのボトムの中に指が滑りこんでくるのを感じて、グレースは息をのんだ。最初その指はゆっくりと撫でていただけだったが、しだいに奥へ進んできた。彼女の体はその指をしっかり包んだ。さらに探られるや、グレースは驚きの声をあげた。指の動きにつれて高みへと打ちあげられ、ついには魔法の空間で揺れているような気がした。

「ハビエル……」めくるめく感覚に襲われ、グレースは強固な支えを求めて彼の肩に爪を食いこませた。彼の指は体の奥でエロティックに躍っている。最初の喜びの震えが全身に走り、グレースは押し殺した声でハビエルの名を呼んだ。美しく激しい喜び。こんなことをしてはいけない。わたしを尊敬せず、大金と引き替えに手に入れた所有物と考える相手と。

「しいっ。力を抜いて。大丈夫だから」ハビエルはかすれた声でささやき、グレースを抱き寄せた。しかし、彼女は涙を流しながら彼の胸を押し返した。

「大丈夫じゃないわ。こんなこと、してはいけなかった。あなたを愛していないのに」グレースは激しくかぶりを振った。長い髪が胸を覆う。「あなたの愛撫は嫌いではないわ。それは確かよ。でも自分がいやでたまらないの」途切れ途切れに言う。

「ぼくたちは結婚しているんだぞ」ハビエルは声を荒らげた。「結婚しても体を許さないなら、父親のために愛人になれと言われたら、どうしていた?」

グレースは身を震わせた。「父のためならなんでもしたわ」正直に答える。「信念に反していても体の求めに応じたはずよ。でも、何も記憶に残らないように、まず酔っぱらったでしょうね」

ハビエルは仰向けになり、スペイン語で激しく悪態をついた。「まったく、きみほどぼくの自尊心を傷つける女性はいない。なぜぼくの下腹部を蹴飛《けと》ばしておしまいにしないんだ？」

またもハビエルの怒りの裏に心の痛みを感じ取ってグレースは唇を噛んだ。再びハビエルを傷つけたかと思うと泣きたくなった。「ごめんなさい。でもわたしの気持ちは知っているでしょう？　わたしにとって愛と欲望は切り離せないのよ。いつか身も心もささげられる人に出会いたいと願っているの」

「おとぎばなしの中にしかない、見当違いの信念で体の喜びを否定するのか？」ハビエルは痛烈に言った。「せいぜい独りよがりの理想をあがめて楽しんでいればいいさ。だが、現実に戻る決心がついたら言ってくれ。どんなに否定しようと、きみを夢中にできる男はぼくだけだ」

9

淡い銀色の陽光がカーテンから斜めに差しこむ中、グレースは静かな吐息をもらして目を開けた。ハビエルの顔があまりに近くにあり、どきっとする。二カ月たっても、まだ慣れなかった。

二カ月。獅子《しし》城で過ごす日々はあっという間に過ぎていった。グレースはいつしか、残りの十カ月がもっとゆっくり過ぎればいいと願っていた。望みうるものなら、時間が止まってほしい。

わたしはハビエルに魔法をかけられてしまったのかしら？　グレースは彼をじっと見つめた。頬にかかる長く黒いまつげがきつい顔だちをやわらげている。眠っているときには緊張が解け、少年のようにさえ見えた。グレースの胸になんともいえない感情があふれた。

初めて出会ったときには、悪魔の申し子だと思い、彼に関心を寄せるとは思ってもいなかった。ところが、二カ月の新婚生活でエレーラ公爵に心があることがわかった。冷たい仮面の奥に心を隠しているのだ。もっとも、彼がわたしに冷たくすることはないけれど。

グレースは頬杖《ほおづえ》をつき、ハビエルをしげしげと眺めた。城の書斎やグラナダのエレーラ銀行のオフィスで忙しく仕事をしていても、わざわざ一緒に過ごす時間をつくってくれている。庭の散歩に誘い、毎晩のディナーでは豊富な話題で楽しませてくれた。

しかし、あのハネムーンの最後の夜以来、ハビエルは誘惑するそぶりを見せず、キスでさえ使用人の前でするだけだった。本物の夫婦だと印象づけるために。同じ理由で、一緒のベッドで寝ていたが、二人きりになると彼はグレースに触れないよう細心の注意を払った。

非の打ちどころのないふるまいだった。寝室とバスルームの間を何気なく裸で歩いて、グレースの頬を赤らめさせることはあっても、ベッドでは常にシルクのボクサーパンツを身につけ、明かりを落とすと数分のうちに眠りに落ちる。一方、グレースは夜の半分は目を覚まし、ハビエルにすり寄りたいという衝動と闘っていた。

欲望。愛。グレースは混乱してどちらが先でどちらがあとなのかわからなくなり、そのうちにどっちでもいいと思えてきた。頭はハビエルのことでいっぱいで、彼が幸せな夫のふりをする必要がなくなる日が訪れることを考えるのがつらかった。結婚の契約に応じたとき、ハビエルを愛するはずはないと信じていた。ところが今は確信が持てないでいた。

グレースは仰向けになり、四柱式ベッドの上のカーテンを見あげた。日に日に、ハビエルの存在が心の中で大きくなっているのに、彼に愛されることはない。十カ月後、わたしは容赦なく彼の人生から追いだされてしまうのだ。

「おはよう、いとしい人《ケリーダ》。よく眠れたかい？」

ハビエルの声にかすかにからかいがまじっているのは、わたしが満たされない体を持て余し、長い間寝返りを打ち続けていたことに気づいているからなの？ 本当に彼は油断ならないと考えながら振り向くと、穏やかな目と視線が合った。

「ええ、死んだようにぐっすり」グレースは何気なく答えた。「一度も目が覚めなかったわ」

「本当かい？ ときどきもだえていたから、悪い夢でも見ているんじゃないかと思った」

「もだえてなんかいないわ」グレースは起きあがり、ハビエルをにらみつけた。彼の目に意地の悪い光が見え、グレースは頬を真っ赤に染めた。

「それなら、ぼくが夢を見ていたんだろう。目覚めなければよかったな」ハビエルは片方の腕を伸ばし、枕《まくら》を振りあげたグレースの攻撃をかわした。そしてにやりとした。「遊びたいようだな」やすやすとグレースの枕を奪い、仰向けにした。やはり目はからかうような光を帯びていたが、グレースを見下ろしているうちに、あからさまな欲望に取って代わられた。「きみはすてきだ。ぼくは相当に辛抱強かっただろう？ 隣でおとなしくしていたんだから」

「今はおとなしくしていないわ」グレースはかすれた声で言い返した。筋肉質の腿でマットレスに押さえつけられ、たちまち体が反応するのがわかる。

「きみも同じだ。今はルールも何もない闘いの場所にいるんだ」

「あなたと闘ってなどいないわ」ハビエルの髪が眉の上に垂れかかっているのを見て、グレースはため息をつきながら、かすかに震える指でそれをかきあげた。ハビエルがこんなに近くにいては、まともに頭が働かない。彼を押しのけるべきなのに、彼女は両手を夫の肩に伸ばして、サテンのような手ざわりを味わった。「わたしたち、友だちになれたと思ったのに」恥ずかしげにささやく。

「友だち？」ハビエルはしばし考えこむような顔をしたあと、笑みを見せた。「そして、同じ場所で眠る仲間でもある。ただし、二人ともぐっすり眠っているとは言えないが。そうだろう？」

ハビエルの下で全身がとろけそうなのに、否定しても無意味だ。「そうね」揺らめく光をたたえる彼の目がグレースの顔に据えられた。彼女は息をのみ、ゆっくりと近づいてくるハビエルの顔を見つめていたが、ついに低い声をもらして唇を重ねた。

彼はしばらくグレースの思いのままにさせていたが、ほどなく主導権を取り返し、猛然と彼女の唇を奪った。めまいがするほどの官能的なキスに熱い願望がわきあがり、グレースの体から力が抜けた。

「ハビエル……」彼の喉をついばみながら、グレースは名前を呼んだ。ナイトドレスの肩ひもを外されても抵抗せず、クリーム色の小さな胸の片方がハビエルの熱い視線にさらされる。ハビエルは唇でじらすように胸の谷間をたどりながら、もう一方の肩ひもも下げてこぼれ出た胸を手のひらで包み、その頂を口に含んだ。

言いようのない快感にじっとしていられず、グレースはくぐもった声をあげて身をよじった。もう何も考えられない。ただ脚の付け根に触れてほしかった。ナイトドレスを腰までたくしあげられ、レースのショーツに指がかかると、全身を震わせた。

「きみはぼくを望んでいる」ハビエルはきっぱりと言った。「二人ともこれほど深く激しい情熱をいだき合っているのに、それでも愛が必要か？」

「わたしには必要よ」ハビエルのいらだちを感じ取り、グレースは目を閉じた。「多くの経験を積んでいるあなたに誘惑されたら、ひとたまりもないわ。官能のすべてのボタンを的確に押されているみたいで、あなたが欲しくてたまらない。だけど、愛と信頼がなければ、つかの間のむなしい喜びを味わうだけよ。そんなことをして何になるの？」

肩のこわばりと険しさを帯びた表情で、ハビエルが抑制を失いかけているのがわかり、グレースは叫んだ。

「欲しければ奪って！　わたしにはあなたを止められない。けれど、わずかに残るわたしの自尊心は砕け散るでしょうね。こんなことをしてしまったのだから」

「ぼくがどんなことをした？」ハビエルが荒々しい口調で尋ねた。「ぼくと結婚したことを恥じているのか?」彼ははじかれたように、身を起こした。

「嘘《うそ》をついたことは自慢できないわ。チャペルで偽りの誓いを立てたんだもの。でも、わたしはこの世の誰よりも父を愛しているの。銀行のお金を盗んだのは罪には違いないけれど、その理由は理解できるわ。母を失って打ちのめされた父が実刑を免れるなら、わたしの自尊心など小さな代償にすぎないわ」

「きみは修道女が束になってもかなわないほどの信念の持ち主だ」ハビエルは辛辣《しんらつ》に言った。「しばらく離れていたほうがよさそうだな」彼はベッドを下りてローブを羽織り、バスルームに向かった。

「離れるって、どこかへ行くの?」

「マドリードだ。本部で会議がある。いくつものパーティにも招かれている。急に、きみとここにいるより楽しそうに思えてきた」

「ひとりで出かけたら変に思われない?」グレースは傷つき、刺々《とげとげ》しい声で言った。「愛し合う夫婦という幻想をつくりあげていくんじゃなかったの?」

「きみの欠席の理由は考えておく。気分が悪いとかなんとか」ぶっきらぼうに言う。「妊娠したと思われる恐れもあるが。誰も処女懐胎とは思わないだろう」皮肉たっぷりに言う。

「それに、ひとりじゃない。ルシータを連れていく。そろそろマドリードの社交界にデビューしたいと言っていたからな」

グレースは眉を上げた。「ルシータのベビーシッターを仰せつかったの？」さりげない声を出そうと努めたものの、動揺してうまくいかなかった。「それは大変ね」

「どうにかこなせると思う。それにルシータは楽しむことを知っている」

「そうみたいね」先日のパーティで、若く魅力的なルシータがあからさまにハビエルを誘っていたことを、グレースは思い出した。「あなたには若すぎるんじゃない？」

「まるで嫉妬《しっと》しているみたいだな」ハビエルはバスルームの前で足を止め、冷笑を浮かべた。

「うぬぼれないで」グレースの声がとがる。「あなたがいなければ静かにくつろげそうだわ。急いで帰ってこなくてもけっこうよ」

二週間後、ハビエルには早く帰ってくる気がまったくないとわかり、グレースは気がふさいだ。電話では、本部で問題が生じ、予想外に多くの仕事ができたと疲れた声で言っていた。でも、疲れは口実で、本当は家に帰りたくないんじゃないかしら？　疑念をいだいたグレースが適当な理由をこしらえ、マドリードの彼のアパートメントに電話をかけたところ、応答したのは二度ともセクシーな女性の声だった。グレースは嫉妬にさいなまれた。ルシータではない。ティーンエイジャーではなく、世慣れたレディの声だった。夜の十時に、ハビエルは自室で誰をもてなしているのだろう？　以前の愛人かしら？　勇気を出して問いただすべきよ。グレースは自分に言い聞かせた。ハビエルが天井に鏡のついた寝室で美女と愛を交わしている光景を想像しながら眠れない夜を過ごすのはやりきれない。

どうしてこんなに動揺するのかわからないわ、とグレースはルカに向かってつぶやいた。ハビエルの愛犬も飼い主を恋しがり、彼女のあとを影のようについてまわった。今は彼女の膝に大きな頭をのせ、まばたきひとつせずに黒い目で見あげている。

「何をしていようと、誰と一緒にいようとわたしには関係ないけれど」

グレースは再び犬に話しかけた。しかし、ルカには嘘だと見抜かれている気がした。公爵が不在だと、城は静かで陰気に感じられる。いなくなって初めて、彼女はどれほど多くの時間を彼と一緒に過ごしていたかに気づいた。

「彼が恋しいと認めても悪くないわよね？」グレースはルカのなめらかな毛に顔をうずめてささやいた。「だけど、今でさえこんな気分なら、契約が終わるときはさぞかしつらいでしょうね」慰めるかのように彼女の手をなめるルカを撫《な》でる。「愛しているわけじゃないわ。ただ、彼のことが頭から離れないだけよ」

三日後、ようやくハビエルが帰ってきた。ヘリコプターの音が聞こえるとグレースは庭に出て、手をかざして着陸を見守っていた。しかし、急に思い立って上階へ行き、ショートパンツとTシャツから優雅なワンピースに着替えた。それから震える指で髪をほどいて肩に垂らす。精いっぱい身支度を整えたように見られたくはないが、リップグロスを塗り、手首に香水を吹きかけずにはいられなかった。

ハビエルが戻ったことで、城の古い石壁さえほほ笑み始めたように見える。急いで玄関を出ると、心の準備ができる前に、中庭を歩いてくるハビエルの姿が目に入った。グレースの心臓は一瞬止まってから、すぐさま通常の二倍の速さで打ちだした。胃がよじれ、手に汗がにじむ。それでも、彼女は端整なハビエルの顔に見入った。

恋しかったわと胸の内でつぶやきながら、日陰になったポーチで立ち止まり、気持ちをしずめようとした。だが、彼から目の覚めるような笑みを向けられるや、じっとしていられなくなった。

「ハビエル！」グレースは急いで階段を下りた。ちょうどバックで近づいていた宅配の車に気づいたとき、視界の端に通用口から飛びだす黒い塊が見えた。彼女は慌てて叫んだ。

「ルカ！　だめよ！」

胸の悪くなるような鈍い音とともに、犬の悲鳴があたりに響いた。グレースは愕然《がくぜん》として、タイヤの下でぐったりする犬からハビエルへと視線を移した。そして彼の表情を見て、泣きたくなった。どうして彼を薄情だなどと思ったのだろう？　愛を信じないと自ら言っていたが、やはり嘘だった。痛み、恐怖、そしてこの忠実な仲間に対する不変の愛が、ハビエルの目に次々と浮かんだ。だが、彼は感情を抑え、急いでルカに近づいた。これまで愛を受けずに生きてきたのに、ハビエルは愛情深かった。子供のころに警戒心と不信の念をいだくようになり、傷つくのを恐れた彼は、無条件に自分を愛してくれるルカにすべての愛を注いでいたのだろう。

「獣医に電話するようトーレスに言ってくれ」ハビエルは犬の傍らに膝をつき、青ざめた顔で近づくグレースに命じた。「急げ。出血が激しい」

それからの数時間、グレースはハビエルの愛する犬のために祈ることしかできなかった。ルカの命を救えるならなんでもしよう。大切なものをあきらめてもいい。またハビエルの笑顔が見られるなら。

そんな思いが、ジグソーパズルの最後の一片のようにグレースの頭にはまり、すべてのつじつまが合った。わたしはハビエルを愛している。だから、彼がいない間、晩夏の日差しがきらめいていたのに、重苦しさが果てしなく続くように感じられた。ハビエルがいないと、半ば死んだような気分だった。いつの間にかハビエルはわたしの太陽になり星になり、笑顔の源になっていたのだ。

単なる欲望ではない、とグレースは薔薇園《ばら》を歩きながら痛感した。ハネムーンでハビエルから、きみを夢中にできる男性はぼくだけだと言われ、わたしは否定できなかった。ハビエルにかきたてられた危うい感情を思い出すと、いまだに動揺する。

それでも、グレースが全身全霊で求めるのはハビエルただひとりだった。

ルカの傍らにひざまずくハビエルを見て、グレースはようやく、彼に対する思いが欲望を超えるものだとわかった。ハビエルを抱きしめ、苦悩や悲しみから守ってあげたい。身も心もささげて愛したかった。彼のおかげで父は刑務所行きを免れた。双方が利益を得るための契約上の結婚とはいえ、彼は敬意と思いやりをもって接してくれた。

使用人がハビエルに尽くしているのも当然だ。見かけは尊大だが、心は優しい。その優しさと情熱に触れ、グレースは苦しいほど彼を求めていた。

けれど、結婚式の日、ハビエルは存在しないものを探すのはやめろと言い、自分が人を愛することはないと警告した。グレースはそのとき、彼は城壁のように人を寄せつけない、理解不能な男性だと思った。一瞬、鎧《よろい》の裂け目が見えたからといって、ハビエルが、この結婚が一時的な契約以上のものだと思うようになる保証はない。

今、ハビエルの心はルカのことで占められている。わたしの感情を気にかける余裕などないだろう。彼に対する気持ちを表に出して、ハビエルや自分を窮地に追いこむのは避けたい。そう思い、グレースは深呼吸をして城に戻った。

ハビエルの話では、ルカは脚の骨折と打撲でショック状態に陥っているということだった。傷ついたルカは、ハビエルとトーレスによって石敷きの広いキッチンに運ばれて獣医の手当てを受け、鎮静剤を打たれて眠っていた。あとは自分の力で命をつなぐのを願うばかりだった。

「この二十四時間が勝負だが、獣医は回復すると言っている」ハビエルは沈んだ声で言った。

「そうなることを祈りましょう」グレースは熱をこめて言い、意識のない犬を優しく撫でた。「あなたがルカをどれほど愛しているか知っているわ」事故を目撃した瞬間のハビエルの姿を思い出し、彼女の目に涙がにじんだ。

ハビエルは身を硬くし、グレースの顎に手を添えて顔を上向かせ、つぶらな瞳をのぞきこんだ。「きみはぼくのことを知りすぎていると思うときがある。その濃いブルーの目で魂をのぞかれ、秘密を見抜かれている気がする」

「二人の間に秘密などあってほしくないわ」ハビエルの鋭いまなざしに、グレースはたじろいだ。「あなたはわたしの夫だもの。ここ数週間、あなたは忘れていたみたいだけれど」電話に出たセクシーな女性の声を思い出し、グレースは喉をつまらせた。今は嫉妬をむきだしにしたりしてはいけない。

「忘れられると思うか?」ハビエルの口もとに笑みが浮かんだ。しかし、目は笑っていない。「忘れたかったが、目覚めている間はずっときみを思い、夜は夢を見た。すぐ隣にきみがいて、柔らかな唇を味わう夢を……こんなふうに」

ハビエルはゆっくりと唇を重ねた。まるで離れていた時間の分まで取り返そうとするかのように。

これこそわたしが求めていたものよ。グレースは腕を彼の首にまわして引き寄せた。唇を開いて、穏やかな情熱でキスに応《こた》える。愛犬が車にひかれるのを目撃したハビエルの精神的苦痛をやわらげてあげたかった。

「眠らなければいけないわ」顔を離したハビエルの目に隈《くま》ができていることに気づき、グレースは優しくたしなめた。

「今夜は眠らない。目を覚ますかもしれないから、ずっとルカのそばにいる」

「せめてシャワーを浴びて何か軽く食べたほうがいいわ。その間、わたしがルカを見ているから。何かあったら必ず知らせるわ」

ハビエルはおもむろに立ちあがった。それからグレースを立たせて、眉に優しくキスをした。「グレース、ぼくはきみの優しさにふさわしくない」ハスキーな声で言う。「きみこそ少し眠るべきだ。明日、イギリスへ行くのだから」

「なんですって?」グレースは仰天した。「わたしを追い払うつもり?」悪い想像がふくらみ、言葉がまともに出てこない。わたしの頑《かたく》なな態度に嫌気がさしたの? だから、城から追いだし、変わりに愛人を呼び寄せるとか?

「一週間だけだ」顔をゆがめるグレースを見て、ハビエルはいぶかしげに眉を寄せた。「お父さんが恋しいだろうから、二人で訪ねる計画を立てていたんだ。しかし、ルカがこれでは、ぼくは行けない」

「もちろんよ。ルカがよくなるまで出発は延期しましょう」全身に安堵《あんど》が広がり、グレースは笑みを見せた。

「もうすぐお父さんの誕生日だろう。叔母さんと話したが、お父さんはきみにとても会いたがっているそうだ。お父さんを落胆させるわけにはいかない」

ハビエルの言うとおりだろう。実のところ、彼のことで頭がいっぱいで、グレースは父の誕生日をすっかり忘れていた。「出発はいつなの？」

「明朝だ。きみはもう眠ったほうがいい」

グレースはしかたなくうなずいた。しかしドアまで行ったとき、ハビエルの声で足を止めた。

「グレース！　戻ってくるだろうね？」ハビエルの目の表情は読み取れなかったが、鋭い頬骨がかすかに赤く染まっていた。

「もちろんよ」グレースは穏やかな声で請け合った。「契約があるもの。そうでしょう？」

契約期間が切れたら、わたしはハビエルなしの人生をどうやって生きていけばいいのだろう？

その夜、グレースは悶々《もんもん》として過ごした。翌朝、トーレスの運転する車で城を出るとき、グレースの胸には悲しみが満ちていた。

イギリス南部の海岸は早くも秋の気配だった。グレースは、五日続きで土砂降りの雨を降らせている鉛色の空を見あげた。パム叔母のペンションの窓から水たまりの芝生を眺めていると、獅子城の庭に生い茂る異国風の植物や椰子《やし》が恋しくなる。

とはいえ、一刻も早く戻りたいと思うのは、グラナダの暖かな太陽のせいではない。ハビエルと一緒なら北極でも楽しく暮らせるだろう。

「チェックメイト！」父が楽しげな声で言い、めがねの縁越しに娘を見やった。「ゲームに集中できないようだね」

「チェスでお父さんに勝てたためしがないわ」グレースは笑顔で応じた。「お父さんにとっては、お母さんのほうがずっといい対戦相手だったわね」

しばらくアンガスは黙っていたが、やがて顔をほころばせた。「ああ。徹底的にやられたものだ。安らかに眠りたまえ」

グレースははっと息を止めた。母のことを話題にしたのは、葬儀のとき以来だった。これまでは、父が重い鬱《うつ》状態に陥ってはいけないと思い、口にしないようにしてきた。カウンセラーのおかげで、ようやく父は、出会ったときから愛してきた女性を失った悲しみに向き合い、気持ちの整理ができたようだ。

これからが大変だけれど。そう思いながら、グレースは父の頬にキスをした。あと何カ月も抗鬱剤をのみ続けなければならない。母の死で父は絶望の淵《ふち》に沈み、一時は正気を失った。いまだに、銀行の支店長をしていたころの記憶の一部は失われたままで、不祥事を起こしたことも覚えていないようだ。

しかしグレースは、記憶が回復するよう働きかけるつもりはなかった。父はハビエルのおかげで起訴を免れ、負債もなくなって、パム叔母の手厚い介護を受けている。そのためにグレースが払った代償は決して明かすまい。嫌いな男性との一年かぎりの結婚のことは。

いいえ、嫌いではない。そう考えるなり、グレースの胸は苦しくなった。ハビエルへの愛が心にあふれ、彼を憎んでいたことが信じられなかった。

ドアベルの音でグレースの物思いは遮られた。続いてパム叔母が飼っている三匹のテリアのうなり声と叔母自身の声が聞こえてきた。

「ミスティ、キッチンに入りなさい。モペットも。ほら、わたしのスリッパをかじらないで。ねえ、グレース、玄関に出てくれる?」

さっそくグレースは玄関へ行き、ドアを開けた。とたんに心臓が大きく跳ねる。なつかしい金色に輝く目が彼女を見つめていた。「ハビエル、いったいどうしたの?」急に恐ろしい考えがわいてきた。「もしかしてルカに何か……」

「いや、ルカなら獣医の予想よりずっと早く回復している」

グレースはほっと胸を撫で下ろした。

「きみを連れ戻しに来た」ハビエルはいつもの尊大なまなざしを彼女に注いだ。しかし、その目には温かみと、抑えようのない欲望が宿っていた。「妻と長く離れすぎたと思ってね」

「でも、明日には戻るのよ。あなたが飛行機の手配をしたのだから、知っているでしょう」ハビエルを目にして、グレースは頭がぼうっとしていた。彼は洗いざらしのジーンズと黒い革ジャケットという格好で、広い肩が強調されている。伸びすぎた髪が襟もとにかかり、顎にはうっすらと髭《ひげ》が生えていた。まるで衝動的にイギリスまで飛んできて、髭を剃《そ》る暇もなかったかのようだ。

「あいにく気が短いたちでね」ハビエルは平然と応じた。「地元の飛行場に自家用機を待たせてある。さあ、荷物をまとめて」

「今すぐ？　でもなんの準備もできていないわ。いったいどういうつもり？」気分を害し、グレースの声はかすれた。「わたしが約束を破って戻らないと思ったの？　信じてくれなかったのね」

「信じる信じないの問題じゃない」ハビエルは苦笑したものの、彼女の目に浮かぶ涙に気づいて真顔になった。

「だったらなぜこんなに急に？　まるで、朝ベッドを出てすぐ飛行機に乗ったように見えるわ」

ハビエルは肩をすくめ、視線をそらした。「かれこれ一カ月近くも離れ離れになっていたから、急いだんだ。ぼくが予定以上にマドリードに足止めされたと思ったら、今度はきみがひとりでこちらに来ることになった」ハビエルは一瞬グレースと目を合わせ、それから驚いたことに、恥ずかしげに顔を伏せた。「きみが……恋しかった」

「まあ!」グレースの頭の中に天使の歌声が響きわたった。「わたしも……あなたが恋しかったわ」彼女はぎこちなくささやいた。こちらを向いてほしいと願いながら、ハビエルを見つめる。彼の口もとにゆっくりとセクシーな笑みが浮かぶのが見え、グレースの心臓が早鐘を打ち始めた。

「グレース……」

ハビエルに目をのぞきこまれただけで全身に電気が走り、グレースは身を震わせた。

「何かしら?」小さな声で尋ねる。

「大雨に流されてしまわないうちに、家の中に入れてくれないか?」

「まあ! ごめんなさい。さあ、入って」グレースがすまなそうにハビエルを玄関ホールに招き入れると、彼は水をしたたらせながら、眉にはりつく髪をかきあげた。「ずぶ濡《ぬ》れじゃないの」彼女は大慌てでハビエルのジャケットに手をかけた。

「すべてきみに任せるよ。優しく脱がせてくれ」ハビエルはからかい、顔を赤らめるグレースを見つめた。「玄関で裸になるのを叔母さんが許してくれるとは思えないが」

「あなたって人は……」グレースは怒った声を出したものの、すぐにハビエルの情熱的なキスで口を封じられた。めくるめく喜びに、たちまち怒りが消えていく。たくましい体に引き寄せられ、彼女は薄いブラウスが濡れるのもかまわずにしがみついた。ハビエルを求めて欲望の炎が燃えあがる。いつものように体の奥がうずき、手で胸を包まれると、低い声をもらした。

「グレース、一緒にスペインに帰ろう。きみはぼくのものだ」ハビエルはかすれた声でささやいたあとでようやく顔を離し、グレースのふっくらとした唇を親指でなぞった。

ハビエルは契約による所有権を主張しているの？　だが、そんなことはどうでもよかった。大切なのは、愛する人と一緒にいること。いつまでかわからないけれど、ハビエルが求めてくれる間は。彼に心からの笑みを見せ、グレースは荷造りのために足早に二階を目指した。

10

「数日、マドリードに滞在しなければならない」ハビエルはアパートメントの地下駐車場に車を止め、グレースをエレベーターへと導いた。「城に戻る前に、きみも観光でもして楽しむといい」

ハビエルと一緒ならどこでもかまわなかった。自家用機に乗ったときからわきあがった興奮が表に出ていなければいいけれど。内心で案じつつ、グレースは涼しい笑顔をつくった。この数週間、寂しい思いをした。そして今、ハビエルの精悍《せいかん》な顔を見て、寂しさの正体は失恋しさだったのだと悟った。

ハビエルなしでどうやって生きていけばいいのだろう？　エレベーターの中で考えているうちに、グレースは恐ろしくなった。九カ月後に契約が切れ、別の道を歩き始めても、わたしはハビエルから解放されることはないだろう。彼はわたしの心の半分なのだから、離婚後は永遠に満たされない心を抱えて生きていくしかない。

「もう遅いから疲れたでしょう。あなたはほぼ一日じゅう飛行機の中で過ごしたんですもの」グレースは、ぬくもりのない広々とした居間の向こうに立つハビエルを見つめた。「わたしのスーツケースは主寝室に運んでくれたの？」また同じベッドを使うと思うとグレースの背筋に震えが走った。このアパートメントでは一緒に寝たことはない。天井にははめこまれた鏡に映るハビエルの体を想像し、体がかっと熱くなった。目に浮かんだ決意のようなものからして、今夜のハビエルはわたしを抱きしめてくれるのではないかしら？隣でおとなしく眠るのではなく。

ハビエルはカウンターに歩み寄り、飲み物はいるかと尋ねた。グレースが首を横に振ると、彼はグラスにウイスキーをつぎ、飲み干した。「荷物は廊下の突き当たりの寝室に置いた。前にきみが使っていた部屋だ」ひと呼吸おいて続ける。「今後は別々に寝ることにした。ここでも、城でも」

思いがけない言葉に、グレースは心臓が爆発したようなショックに襲われた。「わかったわ」納得できないのに、彼女は小さな声で答えていた。何か彼の気に障ることをしてしまったのだろうか？　きみをもう求めていないと言い渡されたも同然だ。彼の目に欲望を認めたと思ったのは勘違いだった。

ハビエルはグレースのほうを見ようともせず、マドリードの夜景に見入っていた。「同じベッドで寝起きすることを求めたのは間違いだった。きみが大切にしている価値観を捨てろと言ったことも」彼はざらついた声で言った。「信念を持つ女性と会ったことがなかったからね。きみはほかの女性とは違う。そうだろう？」

ハビエルは振り返り、笑みを見せたが、目は笑っていなかった。グレースに近づき、驚いた様子の彼女をまじまじと見つめた。

「永遠の愛に、おとぎばなしのようなハッピーエンド。きみの無邪気な考えには賛同できないが、きみの夢を壊し、清純なきみを汚す権利はぼくにはないと気づいた。今後、離婚の日まで毎晩、きみは自分の部屋で過ごせると誓うよ」

グレースはこの場にふさわしい言葉が浮かばず、目をしばたたいた。「ありがとう」彼女は喉から声を絞りだすようにして答えた。寝室を別にしてわたしが喜ぶとハビエルは思っているらしい。さっきまでの親密さが失われると思うとがっかりしたが、それを表に出すのは、彼女の自尊心が許さなかった。

「少しもうれしくなさそうだな。今度は何が不満なんだ？」グレースが急に元気をなくしたことに気づき、ハビエルは顔をしかめた。

「あなたが急に考えを変えたのは、ここに泊まっていた愛人のせいなのかしらと考えていただけよ」

ハビエルの眉がわずかに上がった。「愛人などいない」

「わたしはうぶかもしれないけれど、ばかじゃないわ。ここに電話をするたび、女性が出たわ」グレースは嫉妬《しっと》もあらわに鋭い口調でつけ加えた。「ルシータではなかった」

「ルシータは彼女のいとこのところに泊まっている。ここにいた女性は家政婦のピラールだけだ」

彼の説明を聞いてグレースは眉を寄せた。「そうだったの」リチャードが家政婦とベッドにいるところを見たときの記憶が鮮やかによみがえる。あのときは愛しているつもりだった男性の裏切りに深く傷ついたが、今は、このアパートメントで働く妖艶《ようえん》な美女とベッドの上で愛し合うハビエルを想像しただけで吐き気を催した。「ピラールは、名前や声のとおり魅力的なの？　気まぐれなあなたのお世話をするのも仕事のうち？」

「確かにピラールは至れり尽くせりの優秀な家政婦だ」敵対的なグレースの態度にとまどった様子でハビエルは答えた。「だが、関節炎が悪化したから、仕事をやめ、今は娘さんの家にいる。帰る前にきみのベッドの用意をしてくれたよ」

「そうなの」グレースは穴があったら入りたい気分だった。「説明してくれてありがとう。これ以上、恥をかく前にベッドへ行ったほうがよさそうね。おやすみなさい」彼女は硬い声で言い、おもしろがるようなハビエルの目を見て、ひそかにうめいた。

「おやすみ、いとしい人《ケリーダ》。ぐっすり眠るんだよ」からかいのまじる声を聞き、グレースは唇を噛《か》みしめた。そしてそそくさと廊下を進み、部屋へ向かった。

その日、グレースは寝苦しい一夜を過ごした。夜明け前に目を覚ましたとき、ハビエルに投げつけた非難の言葉を思い出し、思わず枕《まくら》に顔をうずめた。なんてばかなことをしたのだろう。大人げなく嫉妬をむきだしにしたせいで、秘密を明かしてしまった。彼に思いを寄せていることを気づかれたに違いない。

パム叔母のところでハビエルを見た瞬間から、体が勝手に騒ぎ始めた。彼だけがかきたてる激しい渇望を満たしてほしくて、今も全身がうずいている。グレースは上掛けをはねのけ、冷たいシャワーで体のほてりを冷まそうとバスルームへ向かった。

鏡に映る自分の姿をまじまじと見つめる。物憂げな目に、軽く開かれ、しっとりと潤う唇。ハビエルは運命の人だ、とグレースは思った。九カ月後には離婚を言い渡されるけれど、わたしはハビエルを愛している。結婚式での誓いは偽りではなかった。あのときはわからなかったが、すべて本当だった。病めるときも健やかなるときも、生涯ハビエルを愛する。残された九カ月、ひと晩残らず彼に身も心もささげたかった。

決心が変わらないうちに、グレースは幽霊のように静かに廊下を進み、ハビエルの寝室の前でたたずんだ。心臓が激しく打ち、建物全体が揺れださないのが不思議なくらいだ。彼は眠っているだろう。目を覚まして隣に寝ていることに気づかれたら、寝ぼけたと言えばいい。女の本能から彼に今も求められているとわかる。運がよければ、はっきり目を覚ます前に抱きしめてくれるかもしれない。そのあとどうなるかは神さまにしかわからない。

用心深くグレースはドアを開けた。そのとたん、部屋の奥から見つめる琥珀《こはく》色の目と視線が合い、彼女の心臓は動きを止めた。

「グレース！　何かあったのか？」

ハビエルも眠れなかったらしく、枕にもたれて半身を起こしている。腰には上掛けがかかっているが、胸と引き締まった腹部が見える。セクシーなハビエルは雄々しさと美しさにあふれていた。グレースは落ち着きを失い、そわそわと唇をなめた。

「なんでもないわ。ただ……」ハビエルの目の中でたぎる情熱のとりこになり、グレースはどうしていいかわからず、口を閉じた。それから意を決して大きな声で言った。「夢や信念なんてどうでもいいの。あなたと愛を交わしたい」

「グレース！」

低くうなるような声と険しい視線に、グレースは身を震わせた。

「そんなことを言ってはいけない」

「どうして？　本心なのよ」ハビエルの顔によぎる欲望に勇気づけられ、グレースはベッドに数歩近づいた。「あらゆる意味であなたの妻になりたいの」引きずるほど丈の長いアイボリーのナイトドレスは、襟もとのリボンで結ばれていた。彼女が手早くそのリボンをほどくと、ナイトドレスが足もとの床に滑り落ちた。白く繊細な素肌があらわになる。

「きみを追いだすべきなんだろうな」ハビエルがかすれた声で言う。「ぼくはきみにはふさわしくない。だが、その愛らしさは聖人さえも誘惑できる。しかもぼくは決して信心深くない」彼は上掛けをめくり、興奮のあかしをあらわにした。そして、息をのむグレースの手を取ってベッドに引きあげた。

グレースは震え、彼の唇が手の関節をなぞるさまをじっと見ていた。

「そんな目で見ないでくれ。急がず、ゆっくり愛し合おう。きみを傷つけたくない。ぼくを信頼してくれるね？」

ハビエルに顔を上向かせられ、二人の視線が合う。グレースは彼の目に優しさと情熱を認め、無言でうなずいた。

それを見てハビエルは鋭く息を吸い、頭を下げて唇を重ねた。巧みな動きで唇を刺激されるにつれて欲望に火がつき、グレースは彼にしがみついた。キスがさらに深まる。

「なんて華奢《きゃしゃ》なんだ。そして完璧《かんぺき》だ」ハビエルはささやき、顎から喉もとの脈打つ部分へと唇でたどっていった。それから胸を手で包み、先端を口に含む。優しく吸ううちに硬くなっていき、グレースが泣き声をもらしたところで、彼は唇をもう一方に移した。もだえる彼女を見て、ハビエルは男としての満足感を味わった。グレースが何を求めているかはよくわかっている。ハビエルは決然と彼女を横たえて脚を開かせ、付け根に触れた。

そこは充分に潤い、彼を迎える準備が整っていた。一瞬ハビエルは自制を失い、性急に突き進みそうになった。だが、強い意志で思いとどまり、彼女が自ら迎え入れようとするまで愛撫《あいぶ》を続けたあと、喜びに見開かれる彼女の目を見つめた。

「ハビエル……お願い」

グレースのささやきを聞いてハビエルは笑みを浮かべた。彼女が知る以上の喜びを与える自信があった。愛情に関してはよく知らなくても、女性を喜ばせる手管なら知りつくしている。グレースが相手では辛抱強さが求められるだろうが。

ほどなくハビエルは解放のときを待ち焦がれる自分に気づいた。もはや待てなかった。これほど熱い思いをいだくのは初めてだった。もう一度唇を重ねると、その甘美な味わいに腰のあたりがうずいた。

「ハビエル！」グレースも我慢できずに叫んだ。体の中でハビエルを感じたくて全身が震える。グレースは彼の肩に腕を巻きつけ、引き寄せた。それに応《こた》えてハビエルが彼女の中に我が身を沈めていくと、グレースは本能の赴くままに彼を迎え入れ、慎重に入ってくる彼を包みこんだ。

「痛くないかい？」

ハビエルにくぐもった声で尋ねられ、思わず見あげると、彼の眉に汗が浮いていた。琥珀色の目がグレースの心まで焼きつくす。

「いいえ」グレースは嘘《うそ》をついた。「お願い、やめないで」痛いわけではなく、なんとも言いようのない不思議な感覚に貫かれていたが、彼に身を引いてほしくなかった。おずおずと笑みを見せると、ハビエルは少しためらってから我が身を押し進めた。その瞬間、グレースは痛みにあえいだが、不快感はすぐにおさまり、愛する人に満たされる心地よさにおぼれた。そして、彼女は本能的にヒップを動かし、えもいわれぬ喜びを味わった。

「すまない、ケリーダ」ハビエルが額をこすり合わせてささやき、彼女の顔から湿った髪をかきあげた。「やめてほしいかい?」

「いいえ!」グレースはきっぱりと答え、彼の背中に脚を巻きつけた。「やめないで。すばらしいわ」

グレースの笑顔がハビエルの官能をさらに刺激する。「もっとすばらしくなるよ」再び彼は慎重に動きだした。グレースの髪を胸から払いのけ、頭を下げて、口で胸の頂を味わう。そして情熱が高まったところで大胆な動きに変えた。

グレースは激しくもだえた。ハビエルがもたらす、めくるめく感覚に意識を集中するうちに何も考えられなくなった。今にも喜びがはじけそうだった。天井の鏡に映る二人の姿はエロティックとしか言いようがなかった。

やがて小さな痙攣《けいれん》が始まり、グレースはハビエルの肩に爪を食いこませた。耳もとで荒い息遣いが聞こえたかと思うと、ハビエルがヒップに手をあてがい、激しく動く彼女を押さえつけた。

「ああ!」打ち寄せる快感の波に、グレースの目に涙があふれた。

ハビエルは少し動きを止め、再び荒々しく突進した。「グレース!」体を反らし、名を叫ぶ。その直後、彼は情熱を爆発させた。

長い間ハビエルは身を震わせてグレースをマットレスに押しつけていた。しかし彼女は少しも重いと感じなかった。むしろ一体感が心地よい。二つの心臓がひとつのリズムを刻んでいる。ハビエルが離れて隣に横になったとき、グレースは小さく抗議の声をもらした。

グレースはしだいにまぶたが重くなっていくのを感じ、ハビエルに身をすり寄せて彼のぬくもりを全身で味わった。そして彼の胸に手を置き、撫《な》でているうちに、眠りに落ちた。

その愛らしい寝顔を見て、ハビエルは胸を締めつけられた。すぐにベッドを出て、彼女をひとりで寝かせなくては。子供のころ拒絶されたせいで、セックスのあとで女性からお決まりの愛情表現を求められるのが嫌いだった。

だが、グレースの小さな手が心臓の上に当てられていると、いらいらするどころか心が安らいだ。この快い触れ合いを壊したくなかった。できるかぎり近くに抱き寄せたいくらいだ。幸い、鉄の意志でその衝動を抑えつけたものの、彼女から離れることはできなかった。ハビエルはグレースの眉に軽くキスをするにとどめ、眠れる美女を見る喜びにふけることにした。

シエラネバダの高山の頂は雪に覆われていたが、獅子《しし》城では大きな暖炉に火がたかれ、どの部屋も暖かかった。クリスマスまであと三週間。すでにパーティがあちこちで開かれ始め、今夜はエレーラ公爵がグラナダのビジネスマンや名士に豪華なディナーをふるまうことになっていた。

この数カ月は生涯で最も楽しかったと思いながら、グレースはパーティの準備にいそしんでいた。文字どおりハビエルの妻になってから、二人はひと晩たりとも離れなかった。彼のいちずな愛で、翌朝、グレースの筋肉は甘く痛み、絶えず笑みがこぼれた。

けれど、そろそろ時間切れになる。そうした思いがグレースの幸せな気分に影を投げかけた。契約期間の半分近くがすでに経過している。あと半年でハビエルはエレーラ銀行の頭取になり、すぐさま離婚の手続きを開始するだろう。ベッドではすばらしい時間を分ち合っているが、契約期間が切れてもハビエルがこの結婚を続けるとは思えなかった。毎晩、情熱的に愛を交わしたあと、彼はすぐにベッドから下りてしまう。グレースはもっと長く彼と親密な時間を共有したかった。

自分が愛を交わす機械のように思えることがあり、ときたま心を鬼にして拒んでみても、ハビエルの技巧の前には無力で、ついには懇願する羽目になる。そんなときはハビエルが憎らしくなった。しかし、それ以上に自分を嫌悪した。結局は観念して、ハビエルが与えてくれる官能の喜びにおぼれてしまう自分を。

ハビエルが愛情を見せるのは昼間にかぎられていた。幸せな夫婦を演じるために、使用人の前で熱いキスをしてみせる。わかってはいても、グレースは拒めなかった。

ふと鏡の中の自分を見ると、頬が上気している。無意識のうちに、今夜のパーティでハビエルに抱かれて踊ることを期待しているのだろう。

そのとき、戸口に人の気配を感じ、ほどなくドレッサーの鏡の中にハビエルの姿が映った。

「とても……きれいだ」ベルベットのロングドレスに包まれたグレースのほっそりした体を眺め、ハビエルはかすれた声で賞賛した。

「ありがとう」鏡の中で二人の視線がからみ合う。欲望のこもった熱い目に見つめられ、グレースは女としての喜びを感じ、身を震わせた。ワインカラーのドレスは襟ぐりが深く、袖《そで》と身ごろは細くて、スカートの部分はふわっとしている。巧みなデザインで小ぶりの胸が強調され、谷間ができていた。なんとも官能的なドレスはハビエルの想像力をいたく刺激した。

「パーティはどれくらいで終わるのかしら?」

グレースがハスキーな声で尋ねると、ハビエルは顔をほころばせた。しかし、笑みはすぐに消えた。

「あきれるくらいに続くだろうね」彼は葛藤《かっとう》を感じさせる不満げな声で答えた。そしていきなりグレースを抱き寄せ、鎖骨に情熱的なキスをした。「今すぐきみが欲しい。きみも気づいているだろうが」

ハビエルは彼女の下腹部に我が身を押しつけた。

「その誘うような微笑の陰で、きみは何を考えているんだ？」ハビエルがきいた。「もしぼくがベッドに押し倒し、スカートをたくしあげたらどうする？　きみのお気に入りの方法で、激しく、そしてすばやく奪ったら？」

「少し待ってと言うわ。このドレスをだめにしてほしくないもの」グレースがいたずらっぽい笑みを浮かべてみせると、ハビエルはまつげを伏せて表情を隠した。しかし、つかみどころのない奇妙な感情が彼の顔を一瞬よぎったことにグレースは気づいた。

「きみの言うとおりだろうな。そういえば、きみに贈るものがある」ハビエルは上着のポケットから細長い革の箱を取りだし、グレースに手渡した。

「何かしら？」

「開けてごらん」留め金を探るグレースの指を見ながらハビエルはほほ笑んだ。

言われるがままにふたを開けたグレースは、驚きの声をもらした。ハビエルからの贈り物は、ゴールドの鎖にルビーとダイヤモンドがぶら下がっているネックレスだった。「きれいだわ」目を見開いてハビエルを見つめる。「でも、こんな高価なものをもらうわけにはいかないわ」

「ばかなことを言うな。きみはぼくの妻なんだ。なんでも好きなものを受け取る権利がある」ハビエルはネックレスを箱から取りだし、グレースの首にかけた。ルビーが胸もとにしっくりおさまる。「ドレスにぴったりだ」彼は満足げに言った。

「でも……」グレースは言葉につまり、肌に冷たい高価な宝石を眺めた。「もらうわけにはいかないわ。とりあえず借りておき、出ていくときに返すわね」

「どこに出ていくというんだ？」ハビエルは何気なく尋ねた。それから腕時計をちらりと見た。「客を迎え入れる時間だ」そう言ってドアに向かい、廊下に出た。

「家に戻るときよ……離婚したあとで」グレースは夫のあとを追い、口ごもりながら答えた。彼との別れを考えただけで胸が引き裂かれそうだった。

ハビエルは身をこわばらせ、仮面のような冷酷な表情を顔にはりつけた。「そのときに考えればいい。きみが気に入ると思って買ったネックレスだが、気に入らなくてもつけてくれ。きみはエレーラ公爵夫人だ。客の前ではその役目を果たしてもらう」


さっきのやり取りはまずかった、とグレースはみじめな気分で考えた。あれから数時間がたち、応接間でコーヒーと食後酒がふるまわれていた。客の目には、ハビエルは献身的な夫に見えるだろう。彼が妻を見つめるとき、その柔和で優しげな表情の下に冷笑を隠していることを知っているのはグレースだけだった。主催者としてハビエルは当然のように招待客全員と話し、ディナーの最中はもっぱら隣に座るブロンド美人やルシータを相手にしていた。

別にどうでもいいことよ。グレースは自分にそう言い聞かせた。ここ数日、彼女は吐き気に悩まされていて、案の定、この夜の食事中も胃がむかむかした。いやがうえにもひそかな心配事が思い出され、グレースは顔をしかめた。生理が遅れているのだ。まだほんの数日だけれど、動揺せずにはいられなかった。

妊娠するわけにはいかない。大丈夫よと思いながらも、コーヒーの香りが流れてくると胃がひっくり返りそうな気がした。避妊具を使わなかったのはたったの二回だ。月明かりの下、芝生で愛を交わしたときと、二人でシャワーを浴びている最中に情熱が高まり、我慢できなくなったときだ。わずか二度の不用意な営みのせいで、身ごもってしまったのだろうか？　ハビエルの子を腕に抱くと想像しただけで、恐れと喜びが入りまじった震えが背筋を走った。

もし妊娠していたら、ハビエルはどう受け止めるだろう？　残念ながら、彼の計画に子供が含まれているとは考えられない。なのに、わずかな希望にすがって、グレースは胸をときめかせた。もしかしたら喜んでくれるかもしれない……。

「グレース、気分でも悪いの？　いつになく顔色が悪いわ」ルシータ・バスケスが、グレースの座っている小さなソファの隣に腰を下ろした。

グレースはコーヒーカップをサイドテーブルの向こうに押しやった。「少し吐き気がするだけよ。こってりした料理を食べすぎたのね」

ルシータは探るような目でグレースを観察していた。黒い巻き毛が肩の上で躍り、肌に吸いつくような白いドレスが豊満な体を強調している。ゴールドの大きなイヤリングとブレスレットで身を飾った彼女は、優雅でありながらセクシーで、とてもティーンエイジャーには見えなかった。

しばらくルシータはグレースを見つめていたが、黒い目を光らせ、ぎこちない笑みを浮かべた。「こってりした料理なんてあったかしら?」刺《とげ》のある声できく。「三人の子供がいる姉は、妊娠中、コーヒーの香りを嫌っていたわ。もしかして、その青白い顔の理由は別にあるのかもしれないわね」

グレースの心臓が大きく跳ねた。ルシータの顔をまともに見ることができない。「まだはっきりしていないの」小声で答えながらも、グレースは女としての直感で妊娠を確信していた。

「つまり、ハビエルの計画は順調なのね」ルシータのかわいらしい顔に陰険な表情が浮かんだ。「彼もたいしたものね。かぎられた一年で妻を見つけ、さらに跡継ぎまでもうけるなんて」

「どういう意味?」問いただしながらも、グレースの胸の奥に言いようのない不安が渦巻いた。「何も知らないのに、わたしたちの結婚についてよけいな詮索《せんさく》をするのはやめて」

「何もかもわかっているわ」ルシータは自信たっぷりに応じた。「ハビエルがエレーラ銀行頭取の地位を確保するためだけに結婚したことは知っているわ。ハビエルは、妻を押しつけられている一年の間に、おじいさまの遺言にあった、跡継ぎをつくるという条件も満たそうと決めたのよ」

ショックのあまり、周囲がまわりだし、グレースはテーブルの端につかまった。意地悪く見つめるルシータの目の前で気を失うわけにはいかない。グレースは乾いた唇を舌で湿し、ルシータの顔を見すえた。勝ち誇ったような表情が浮かんでいる。「誰に聞いたの？」ささやき声で尋ねながら、これほど自信に満ちたルシータが相手では幸せな新妻を演じても無駄だ、とグレースは悟った。「ハビエル？」

ルシータはしたり顔でほほ笑むだけで、答えようとしない。グレースはまた胃がむかむかした。

「どうでもいいでしょう。ハビエルは、あなたが赤ちゃんを産むまでは離婚しないわよ」ルシータはわざとらしくゆっくりと言った。「当然ハビエルは、子供は獅子城で育てると主張するでしょうね。あなたも、ときどきは訪問くらいさせてもらえるわよ」

悪意に満ちた言葉から逃れたくなり、グレースはよろよろと立ちあがった。「どんなことがあっても我が子から離れるつもりはないわ。絶対に！　それにどうしてそんな話をするの？　ハビエルがあなたを好きになると思ったら大間違いよ。あなたのお父さんの銀行とエレーラ銀行を二つとも経営できるチャンスだったのに、彼はあなたを結婚相手として拒否した。若すぎると考えたからよ」

ルシータは唇を引き結び、それから冷ややかに言った。「そうよ。わたしたちは数年、待つことにしたの。わたしが学校を卒業するまでね。でも、おじいさまの遺言でハビエルは結婚しなければならなくなった。あなたを選んだ理由はただそれだけよ」

グレースはルシータの言葉に含まれる真実を否定できなかった。それ以上、話を続けられそうもなく、新鮮な空気を吸うために足早に部屋を横切り、大きく開かれているフレンチドアのほうへ向かった。

嘘よ、と何度も自分に言い聞かせる。ハビエルは自分の欲しいものを手に入れるためには手段を選ばない人だけれど、子供をつくるためにわざと避妊をしなかったなんて考えられない。だけど、祖父の遺言の条件に跡継ぎをつくることが含まれていることを、ハビエルは故意に隠していた……。

グレースは胸が張り裂けそうだった。無意識に手がおなかへと動く。ハビエルは無慈悲ではない。結婚生活が始まってからの半年間、彼は情熱だけでなく、優しさや気遣いを示してくれた。それもわたしに安心感をいだかせて赤ん坊の養育権を要求するための策略なの？　そんなばかな。ルシータが嘘をついているに違いない。ハビエルはそんな残酷なことができる人ではない。胸に巣くう不安をしずめる方法はひとつしかなかった。祖父の遺言に子供に関する条項があったのか、直接ハビエルに尋ねよう。妊娠の可能性を告げる前に。

グレースは部屋の中に目を凝らし、ハビエルを捜した。だが、いかなるときも目立つ存在なのに、どこにも見当たらない。見開いた目を奥まった大きな窓辺に向けたそのとき、ルシータがハビエルに腕をまわして頬に熱いキスをするのが見えた。いやがる様子もなく、ハビエルは顔を上げて笑っている。喉に苦いものがこみあげ、グレースは泣き声を押し殺して部屋を走り出た。そして、具合が悪いとトーレスに告げ、自室に戻った。執事はすぐに伝えるに違いないが、ハビエルは気にも留めないだろう。男心をくすぐるセクシーな若い娘の相手で、文字どおり手いっぱいなのだから。

11

「鍵《かぎ》を開けるんだ、グレース。でないと、ドアを壊すぞ」

グレースは身を縮めてベッドの端に座りながら、がたがた揺れる木製のドアを眺めていた。ハビエルは本気だ。頑丈なドアが今にも壊れそうだ。しかし、グレースは彼を部屋に入れる必要性を感じなかった。彼に何を言えばいいのかわからない。それに、彼に泣き顔を見せたくない。この一時間、彼女は枕《まくら》に顔をうずめて静かに泣いていた。

「グレース、体調が悪いのか？　気分がよくないらしいとトーレスが言っていたが」返事をしてくれ」そしてスペイン語による悪態の言葉が続き、つかの間の静寂のあと、重いものをドアに打ちつける音が聞こえてきた。

ドアを打ち破るどころか、城まで崩してしまいそうな勢いだ。グレースは腹を立ててベッドから立ちあがり、戸口へ向かった。鍵をまわし、ドアを大きく開ける。ハビエルは今まさに、廊下に置いてあったオーク材の椅子でさらなる一撃を加えようとするところだった。

「なんの用?」

「なんの用かだって?」ハビエルは椅子を下ろし、グレースをにらみつけた。はだけたシャツと眉にかかる髪のせいでいつも以上にセクシーに見える。膝から力が抜け、グレースはドア枠につかまって体を支えた。

ハビエルが皮肉っぽく言った。「説明してくれるとうれしいな。癇癪《かんしゃく》を起こすにはそれなりの理由があるのか、それともただ注意を引くためなのか」

「あなたの関心をルシータからそらせるには何かしなければいけないと認めるわけね」グレースは甘ったるい声で言った。「どうしてルシータと結婚せず、こんな悲惨な見せかけの結婚をしたの?」

「ぼくたちの結婚は悲惨な見せかけだと思っているのか?」ハビエルはどなり、怒りに任せてグレースを部屋に押し戻した。さらに押していくと、グレースはベッドにぶつかってマットレスに倒れこんだ。その頬を涙が伝うのを見て、ハビエルは静かに尋ねた。「いったいどうしたんだ? 動揺するようなことをルシータに言われたのか? 彼女は意地悪なことを言う場合もあるが、悪意はないんだ」

「そうなの?」グレースは苦笑した。「確かに、あなたはわたしよりルシータのことをよく知っているものね。今夜、あなたが彼女に抱かれるがままになっていたのをわたしが知らないとでも?」グレースが求めてやまない温かな愛情を、ハビエルはルシータにたっぷり注いでいた。

「ルシータのことは赤ん坊のころから知っている。妹のようなものだ」ハビエルは声を荒らげた。

「お優しいこと！　それで信頼する妹に秘密を打ち明けたのね。最も個人的な秘密――わたしと結婚した理由を」

「ぼくは誰にも話していない」ハビエルは語気を強めて否定した。「祖父の遺言のいくつかの条件を知っているのは弁護士のラモン・アギラールだけだ」

いくつかの条件。やはりひとつではなかった。そう思うとグレースはぞっとした。ルシータは嘘《うそ》をついていなかった。遺言には、エレーラ銀行の頭取になるには、跡継ぎをもうけなければいけないという条項があったのだ。急にがっくりして、グレースはどこか静かな場所で傷を癒《いや》したくなった。「ルシータは知っていたわ。あなたが話したのよ」非難の言葉を投げつける。「そうとしか考えられないわ」

琥珀《こはく》色の目に怒りの炎を燃やしてハビエルが迫ってきても、グレースはかまわず言いつのった。

「あなたは信頼できると思っていた。けれど、わたしはまたも男性を見誤ったわ……さわらないで！」グレースは身をわななかせてあとずさり、抱きすくめようとするハビエルの腕から逃れた。「あなたにはもうかかわりたくない。この偽りの結婚が終わるまで、別の部屋で寝るわ」

「ばかなことを言うな」ハビエルはベッドから下りようとするグレースを抱きあげ、マットレスの上にほうり投げた。間髪を入れずに覆いかぶさり、左手で彼女の手首を頭上で押さえつける。続いて右手でドレスの身ごろを結ぶひもをほどいた。「弁明もできずに非難されたが、なんと思われようとかまわない。金を払った以上、きみはぼくのものだ。ぼくがいいと言うまで、同じベッドで寝起きさせる」

「そんなことできないわ」グレースは食いしばった歯の隙間《すきま》から声を押しだし、ハビエルの下で必死にもがいた。「なんて野蛮なの！」ドレスの前をはだけられ、グレースは悲鳴をあげた。小ぶりな胸がこぼれ出る。恐ろしいことに、ハビエルの手の感触を求めて胸は張りつめ、先端はとがっていた。

「誰がぼくを止めるんだ？」ハビエルはざらついた笑い声をあげた。袖《そで》を肩から外してドレスをウエストまで押し下げ、片方のふくらみを手で包む。「きみかい？　そうは思えないが」

グレースの目が見開かれるのを見て、ハビエルの口にすごみのある笑みが浮かんだ。グレースがぼくに欲望をいだいているのは確かだ。今はほかのことはどうでもいい。ハビエルは頭を下げ、片方の胸のふくらみに舌を這《は》わせた。むせび泣くような声を聞きながら、硬くなった頂を口に含み、攻めたてる。我慢できないほどグレースの喜びが高まるころあいを見計らい、ハビエルはもう一方の胸に口を移し、同じ刺激を与えた。ついに彼女は抵抗をやめ、ハビエルの背中に腕をまわした。

ハビエルの手がロングスカートの下に入りこみ、脚の付け根に達すると、グレースはあえいだ。ハビエルを求めて情熱の嵐《あらし》が吹き荒れる。全身が欲望の塊となっていた。

「きみにはぼくを止められない」

ハビエルの声で、グレースを包む官能の霞《かすみ》が取り払われた。横柄な口調が彼女の怒りに火をともした。「どうして？」かすれた声で尋ねる。

「きみはぼくに抵抗できないからさ。きみはぼくを求めている」ハビエルの顔に勝ち誇った表情が浮かんだ。

一瞬、グレースは心臓が本当に止まった気がした。「どうしてそんなふうに思うの？」冷ややかな声を出そうと努めたが、無理だった。

「きみ自身がそう言っている」ハビエルは、当惑するグレースの目を見つめた。「実際に口に出してはいないにしても、表情やしぐさ、それに行動がそう告げている。さもなければ、マドリードでぼくの部屋に来て、愛してとせがむはずがない。きみは愛していない男には決して体を許さないと言っていた」

グレースは口がきけなかった。

「だが、ぼくたちの間に燃え盛る激しい情熱は否定できないはずだ」

ああ！　どうしてあんなにもあからさまな行動をとってしまったのだろう？　ハビエルを愛しているからバージンをささげるのが正しいことだと思いつめ、彼にどう見なされるか考えもしなかった。この数カ月、彼はきっと陰で笑っていたに違いない。

恥ずかしさのあまり、グレースの情熱は消え去った。ハビエルの指がショーツに触れ、秘めやかな部分に突き進むと、彼女はわなないた。残るプライドを打ち砕かれる前に彼から逃れなければ。グレースは全力で自制心を呼び起こし、おもしろがっているような笑みを口もとに浮かべてみせた。

「あなたの言うとおりよ。自制が難しいほど欲望は強いわ。わたしは修道女みたいな生活をやめるころあいだと思ったから、あなたのベッドへ行ったの。わたし以外は、みんなこの結婚で何かを得た。だからわたしも、すばらしいと評判のあなたの技巧をできるかぎり楽しむことに決めたの。評判どおりだったわ」ハビエルの目に浮かぶ憤怒《ふんぬ》を無視し、わざとらしい口調で言い添える。「あなたは本当にパワフルね」

「褒めてもらえてうれしいよ」

ハビエルは楽しげに答えた。しかし、グレースは彼の笑顔にだまされなかった。案の定、彼女が抵抗する間もなく、ハビエルは左手でショーツを脱がせて脚を開かせ、右手をズボンのファスナーに添えた。

「やめて！」吐き気を催し、グレースは両手でハビエルを押しやった。

我ながら正気を疑うが、グレースは今なおハビエルを愛していた。かっとなった彼に体を奪われ、美しいはずの営みが復讐《ふくしゅう》心に基づく野蛮な行為に変わってしまうのは、なんとしても避けたかった。

それに、赤ちゃんはどうなるの？ ルシータから聞かされたことを考えれば、妊娠をハビエルに打ち明けるわけにはいかない。ハビエルに子供を奪われるという恐ろしい事態に対処できるよう、まずは自分の気持ちを整理しなくては。「こんなことはやめて、ハビエル」その間にもファスナーがゆっくりと下ろされていく。「あなたを嫌いにさせないで」

「ぼくにとっては愛も憎しみも同じだ」声を荒らげ、グレースを組み敷いたままズボンを下ろし始めたとき、ハビエルは彼女の涙に気づいた。「くそっ、きみはぼくに何をしたんだ？ 今まで女性をこんなふうに扱ったことはないのに」

ハビエルはかすかに震える手でファスナーを上げ、立ちあがった。グレースのむきだしの脚にドレスをかぶせる彼の目には自己嫌悪が浮かんでいた。

「きみが嫌う以上に、ぼくは自分がいやでたまらない」淡々とした口調だが、ハビエルの目には隠しようのない痛みが見て取れた。「ぼくは愛すべき人間ではないとわかっている。いやというほど聞かされてきたからな」投げやりな調子で続ける。「きみは違う、ぼくの中に非情さや憤りではない何かを見いだしてくれたと、なぜか思ってしまった」

「ハビエル！」彼の悲痛な表情に、グレースは胸を切り裂かれた気がした。ハビエルに手を差し伸べようとしたものの、身をこわばらせてきびすを返したハビエルを見て、手を下ろした。「そういうつもりで言ったわけではないわ。だいたい、あなたを非情だと思ったことなんかない……」跡継ぎが欲しいから故意に身ごもらせたというルシータの言葉を思い出し、グレースは顔をゆがめて口を閉じた。

「だったら、考えを改めたほうがいい」ハビエルは冷ややかに言い放った。「ぼくは獅子《しし》城で暮らした祖先と同じく、無慈悲だ」ぎこちない笑みを浮かべる。「死に瀕《ひん》した母親に会おうとしたぼくの父を、祖父が拒絶した話はしたかな？　祖母がどんなに頼んでも、祖父は首を縦に振らなかった。ひとり息子だったのに、祖父は自分に逆らってぼくの母と結婚した父を許せず、城から永遠に追放した。栄養不良でやせ細った少年だったぼくは、この城に来た日から、力がすべてであり、愛などなんにもならないことを学んだ」

グレースは冷たい手で心臓をわしづかみにされた気がした。「今もそう信じているの？　エレーラ銀行を受け継ぐためなら本当になんでもするの？」

「答えるまでもない」ハビエルは戸口へと歩を進めた。「傷ついたような顔をするな。結婚に踏みきった時点でどうなるかはわかっていたはずだ。あと半年、きみはぼくの妻としてここで暮らす。きみが約束を果たすまで、放免するつもりはない」

しばらくしてグレースはようやく浅い眠りにつき、目を覚ましたときには広いベッドにひとりで横たわっていた。ハビエルはどこで一夜を過ごしたのだろうと考えたとたん、吐き気に襲われてバスルームへ駆けこんだ。その現場を彼に見られずにすみ、ほっと胸を撫《な》で下ろした。

この体に宿る生命が契約の最後の条件だと知ったからには、城にいるわけにはいかなかった。赤ん坊の幸せな未来を取り引きの道具にするわけにはいかない。命を授かったからには、エレーラ一族の跡継ぎとなる子供の親権を勝ち取ってみせると、グレースは心に誓った。おなかの子はわたしが無償の愛を注いで大切に育《はぐ》む。この子の父親のように、愛情を知らない人間にさせはしない。

吐き気がおさまったところで、グレースは自分の持ち物を手早く旅行用のバッグに詰めた。一階に下りると、城はいつになく静まり返っている。ダイニングルームに入ったところでルシータの姿を認め、グレースははっと足を止めた。

「ハビエルはどこかしら?」グレースはいきなり尋ねた。輝かんばかりのルシータと病的な顔色をした自分を引き比べ、グレースはみじめな気分になった。

「わたしを叱《しか》りつけて、ルカと一緒にすごい勢いでどこかへ出ていったわ」ルシータはふくれっ面をして答えた。「どうしてわたしを、あなた方のつまらないけんかに巻きこむの?」

グレースはかすれた笑い声をもらした。「自分から進んで巻きこまれたんでしょう。ハビエルに怒られたのなら、自業自得というものよ。そろそろ大人になりなさい」ルシータがバッグを好奇の目で見つめていることに気づき、グレースは唇を噛《か》んだ。

「あら、まさか出ていくんじゃないわよね？」ルシータがからかうような口調で尋ねた。

「父のところへ行くのよ……数日間」戻ってくるつもりがないことは言いたくなかった。

「まあ、そうなの？」ルシータの黒い目がぱっと輝いた。「あなたがいなければ、ハビエルと仲直りできるかもしれないわ。お願いだから、慌てて帰ってこないでね」

グレースは威厳を保ちつつ城を出たが、石段を下りるうちに涙がこみあげ、前が見えなくなった。ハビエルが戻る前になんとしても出ていかなければ。そう思いながら、彼に買い与えられた高級スポーツカーに乗り、エンジンをかけた。

シエラネバダの峰々《みねみね》は雪をかぶっていたが、このあたりは雪は降らない。しかしあいにくこの日は大雨で、ワイパーを二倍速にしていても視界が悪かった。城を出発して数分後、グレースは初めて獅子城に来たときのことを思い出しながら、必死にハンドルを握って曲がりくねった道を下り始めた。

いかめしい顔つきの公爵に心を奪われると知っていたら、ここに来ただろうか？　グレースは涙にくれながら考えを巡らせた。答えはイエスだ。あのときは父を助けるためならなんでもするつもりだった。けれど、今は赤ん坊を守らなければならない。

次のカーブを曲がったとき、近づいてくる車が見え、グレースははっとした。ハンドルを握っているのはハビエルだ。パニックに陥ってアクセルを踏むと、馬力のあるスポーツカーは急加速した。濡《ぬ》れた地面でタイヤが空転し、車は道路と断崖《だんがい》の間に立ち並ぶ木々に猛スピードで突進していった。

グレースの悲鳴が雨音をつんざいた。

「グレース、目を開けてくれ」

天から降ってくるような奇妙な声がまた聞こえた。グレースはやっとの思いでまぶたを開け、なじみのない顔を見あげた。「あなたは……誰?」息も絶え絶えに尋ねると、見知らぬ人が優しく笑った。

「あなたは事故に遭ったんですよ。でも、もう大丈夫です。ご主人はこちらにいます」

医師の言葉はほとんどグレースの耳に入らなかった。途切れ途切れの映像が脳裏を次々とよぎる。恐ろしいスピードで近づいてくる木々。フロントガラスの割れる音。そして真の恐怖が押し寄せた。「赤ちゃんは?」

ベッドの反対側からうめき声が聞こえた。しかし、グレースの意識は医師に集中していた。

医師はゆっくりと首を左右に振った。「お気の毒です。妊娠初期でしたが、残念ながら手の施しようがありませんでした。今は悲しいでしょうが、傷は比較的浅いので、妊娠は可能ですよ」

医師は慰めるようにグレースの腕をたたいて立ちあがり、ハビエルに声をかけた。

「どうぞ、二人きりでお話しください。木が壁になったおかげで車が崖《がけ》から落ちず、奥さまはとても幸運だった。お子さまは残念な結果になりましたが、切り傷やあざは治ります」

目を閉じたグレースの目から涙がとめどなくあふれた。胸がかきむしられるような痛みに、ひとりになって声をあげて泣きたかった。

ハビエルは出ていったかしら？　目を開けると、とらえどころのない暗い目がこちらを見つめていた。彫像のような顔の中で、頬が引きつっている。「ごめんなさい」なぜかグレースは謝っていた。本当は自分に謝りたかった。そして何より、死なせてしまった赤ん坊に。

ハビエルは無表情な顔でグレースを見つめていた。「赤ん坊のことをぼくに話すつもりはなかったんだな？」彼はざらついた声できいた。

「言えるわけないでしょう」グレースは苦しげに言い返した。「あなたはわたしを故意に妊娠させ、離婚後わたしから赤ん坊を奪おうとしている、ってルシータに聞かされたのに」話すのはつらかったが、彼女は自分を励まして言葉を継いだ。「おじいさまの遺言にある最後の条件だったんですってね」

「ばかな。最後の条件なんてない」ハビエルは吐き捨てるように言った。「きみが聞かされ、信じようとしたことは、わがままな娘のたくましい想像力が生んだ妄想だ。ルシータは思ったよりぼくに執着していたようだ」

グレースは理解できず、ただハビエルを見つめるばかりだった。「でも、ルシータは……」

「嘘をついたんだ。ぼくはきみと結婚した理由を話したことはないが、ルシータの父親とぼくの祖父は古くからの友人だった。おそらく二人が遺言の件で話しているのを立ち聞きでもしたのだろう。そのほかは彼女のつくり話だ」

「いかにも自信ありげだったわ」グレースは自分のしたことをはっきりと悟った。ハビエルに説明の機会も与えず、ルシータの出任せを真に受けてしまったのだ。そして、おなかの子を失う羽目に陥ったうえ、ハビエルの愛を得るチャンスも失ったらしい。彼の目がそれを物語っている。耐えがたい現実に直面し、グレースは彼から顔をそむけた。

「グレース……」

思いがけない優しい口調にグレースの心は揺れ、ハビエルと目を合わせられなかった。彼の顔に浮かんでいるに違いない哀れみには耐えられない。グレースは両手に顔をうずめて泣きだした。

「出ていって。わたしをひとりにして」

12

六週間後、ハビエルはグレースの寝室の外に立ち、くぐもった泣き声を聞いていた。これ以上ほうっておくわけにはいかない。病院から連れ帰ってから毎晩、同じことが繰り返されている。ハビエルはグレースの拒絶が恐ろしくて部屋に入れず、廊下で息をひそめ、グレースはひとりで泣き続けていた。

もう一度グレースの笑顔を見るためなら、ハビエルはなんでもするつもりだった。苦しむ彼女を見るのはつらい。だが、それ以上につらいのは、彼女の涙の原因がハビエル自身にあることだった。グレースと結婚するべきではなかった。彼女の神秘的な微笑に惑わされず、本能的な直感に従い、獅子《しし》城に来たときに追い返すべきだったのだ。

やすやすと彼女に魅了されてしまった自分にはあきれるばかりだ。三十六年間の人生で、ハビエルは鉄壁の自制心で感情を抑え、女性の策略に引っかからないことを誇りにしていた。ところが、知らぬ間にグレースに防御を破られ、人生で大事なものは彼女のみと考えるようになってしまった。グレースとの別れを考えただけで、胸が張り裂けそうになる。

それでも、もはやこの小さな美しい鳩《はと》を城に囲っておくわけにはいかなかった。

バスルームを出るなり、グレースはベッドの傍らに立つハビエルを認めて足を止めた。ずいぶんやせたように見え、彼女は眉をひそめた。顔はやつれ、口もとの両側に深いしわができている。とはいえ、今までに出会った最も魅力的な男性であることには変わらない。たちまちグレースの胸はときめいた。

この数週間、ハビエルはとても優しく接してくれた。冷ややかな態度の奥に温かな心があるのがわかる。勝手に彼を疑い、ひどい言動をとったのに、流産を責めることはなかった。自分を責めるグレースを見てその必要はないと思ったのかもしれない。

身ごもった喜びを実感する前に、それは奪われてしまった。あっけなく失った小さな命を思い、グレースは泣き暮らした。しかし、ここ数日に流した涙は、ハビエルに愛されることはないと思い知った絶望によるものだった。

ハビエルは近づいてくるグレースに、射るような視線を向けてから、ベッドに散らばった写真に意識を戻した。「車椅子の女性はお母さんだね？」グレースとよく似た、しとやかな美女がほほ笑む写真を見て彼は言った。「お母さんの足が不自由だったとは知らなかった」

グレースはうなずき、写真を手に取った。「病気の初期の段階で歩行困難に陥ったの。

最後には呼吸も栄養摂取も、チューブを通して行うようになったわ。それなのに、母はどんなときも笑顔を絶やさなかった」グレースの声には母に対する愛情と誇りがあふれていた。

「家でお母さんの看病をしたのかい？」

「ええ。最初は父とわたしが。そのうちに痛みが激しくなり、看護師を雇って二十四時間体制で看病したの。その費用だけで大変だったのに、父はフランスのルルドをはじめ、奇跡を求めて世界各地を母と飛びまわったわ。結局は無駄に終わったけれど」悲しげな声で続ける。「母を愛していたから、父はどんなことでもするつもりだったのよ。横領もそのためなの。父の罪は重い。でも、わたしには父を責められないわ。母は父のすべてだった。あなたにはわからないでしょうけれど」

「愛を知らないから、ぼくにはわからないと言うのか？　ほかの人の愛も尊重できないと？」ハビエルが鋭い口調で問いただした。

グレースは息をのんだ。「前に、愛を信じないと言ったのはあなた自身よ」

一瞬、ハビエルの頬に赤みが差した。「くそっ。確かにばかげたことをたくさん言ったが、それを持ちだして責めるつもりか？　きみの両親の写真を見れば、二人が愛し合っていることは誰にでもわかる。妻を失って、お父さんは打ちのめされたんだろう。初めてきみが城に来たとき、きみの話に耳を傾けていれば、お父さんの行為を理解し、思いやることができたかもしれない。ところが、ぼくは復讐心《ふくしゅう》に燃え、きみに結婚を強要してしまった」

「違うわ。わたしがあなたとの結婚を選んだのよ」

ハビエルは写真を手に取り、しばし見つめてからグレースに差しだした。「きみは、お父さんへの愛情から承諾しただけだ。きみ自身の望みからではない。両親の幸せな結婚にあこがれ、自分もいつかはと思っていたはずだ。ところがぼくときたら、きみに何を与えた？ 血の通っていないビジネス上の契約結婚だ。そしてきみが大切に考えていた結婚の誓いで嘘《うそ》をつかせた。きみがどんなにつらい思いをしたか、今ならよくわかる」

ハビエルは大きな石の暖炉に近づき、浮かない顔で燃え盛る炎を見つめた。

「きみをイギリスに帰すことにした」ハビエルの声が静寂を破った。「元気を取り戻すためにに、しばらくは愛する家族と過ごしたほうがいい」

「わかったわ」苦痛に全身をさいなまれつつも、グレースは平静を装った。今のハビエルの言葉でどれほど傷ついたか、悟られたくなかった。きみのことはなんとも思っていないと、ついにはっきり言われてしまった。グレースはいらだたしげに目をしばたたき、涙を押し戻した。わたしが泣き暮らす姿を見るのはうんざりだろう。グレースは血の味がするまで唇を噛《か》みしめ、感情のこもらない声を出そうと努めた。「いつ発《た》てばいいかしら？」

「いつでもかまわない。きみさえよければ、明日にでも」ハビエルは肩をすくめた。

その無関心な様子がグレースの胸をナイフのようにえぐった。彼女は泣きたいのを必死にこらえた。出ていってほしい、ひとりきりになりたいと願いながら立ちつくしているうちに、彼がまた話しだした。

「グレース、この城できみと暮らした数カ月が、人生でいちばん幸せだった……この数週間は地獄だったが」痛々しさがにじむ抑えた口調だった。

ハビエルは相変わらず炎を見つめていた。まるでグレースの視線を避けているかのように。しかし、思いがけず本心を告白してくれただけで彼女には充分だった。「だったら、どうしてわたしをイギリスへ帰すの？」グレースはハビエルに歩み寄った。彼女が着ている裾《すそ》が床まで届く白いナイトドレスは長袖《ながそで》で襟ぐりも浅く、温かさを重視した地味なデザインだった。慌てて裾を踏んでしまい、彼女は小声で悪態をつきながら裾をつかみ、ハビエルの前に立った。「結婚の契約はまだ四カ月残っているわ。わたしは最後まで務めを果たすつもりよ。あなたが奔放な生活態度を改め、誠実な既婚者になったと銀行の役員たちに示すために」

ハビエルはしばらく何も言わず、グレースの髪に指を滑らせ、腰まで届くシルクのような房をもてあそんだ。「エレーラ銀行の頭取の地位は辞退し、すべての権利を放棄した。今後はいとこのロレンツォが全権を握る」

「そんな……」グレースは驚いてハビエルを見あげた。「あなたにとって銀行はいちばん大切なものだったはずよ」事情がのみこめず、彼女はハビエルのシャツをつかんで尋ねた。「もうすぐ晴れて頭取になれるのに、今あきらめることはないわ」

不意に思い当たり、グレースは目を閉じた。

「正当な権利を放棄してわたしをイギリスに戻すのは、離婚までの数カ月が我慢できないからね。よほどわたしが嫌いなんだわ」喉に苦い塊がこみあげる。

「嫌いなはずないだろう！」ハビエルは声を荒らげて否定した。グレースの顎をつかんで顔を上向かせる。そして、彼女の目に痛々しさが浮かんでいるのに気づき、表情をやわらげた。「どうしてそんなふうに考えるんだ？」

「赤ちゃんを失ったのはわたしのせいだもの」グレースは泣きだした。「ルシータの嘘に惑わされず、あなたを信頼していれば、赤ちゃんは今もおなかの中にいたのに」

「遺言の条件を満たすためにぼくがわざと妊娠させたと思っていたんだろう」ハビエルは耳障りな笑い声をあげた。「ぼくはそれほど冷酷ではないが、きみにはそういう人間だと思われていたわけだ。だがきみにしたことを考えれば無理もない」

ハビエルは必死に感情を抑えようとしていた。グレースが去ったあとで、時間をかけてこの絶望的な状況と折り合いをつけるしかない。

「もう泣かないでくれ、グレース」ハビエルはかすれた声で言い、彼女を抱き寄せた。シャツが涙で濡《ぬ》れる。「もうこんな不毛なことは終わりにしよう。お父さんのところへ戻っていいよ。起訴しないという約束は守る。愛する女性の苦しみを目の当たりにすれば、ぼくもお父さんと同じことをしただろう」グレースが体を寄せなければ聞こえないほど、彼は低い声で言った。「お父さんを許すよ。いつかきみも許してほしい、きみを傷つけたこのぼくを」

「あなたはわたしを傷つけていないわ。故意にしたわけではないもの」グレースは、ハビエルの胸に頬を押しつけ、乱れた鼓動に耳を澄ました。しばらく目を閉じ、彼のたくましさを感じているうちに、コロンの香りに刺激されて欲望に火がついた。永遠にこうしていたい。でも、ハビエルは困っているだろう。悲しいけれど、彼はこんなふうに愛情を示されるのが嫌いだから。

グレースは深呼吸をしてハビエルの腕から逃れ、まっすぐ彼を見つめた。父の気持ちがわかると言ってくれたハビエルにわたしは感銘を受けた。今度はわたしが正直に気持ちを伝える番だ。これまでハビエルは自分にどこか問題があると考えて生きてきた。愛する価値がないと実の母親に言われたのだから、心に壁を築いたのも無理はない。

なのに、わたしは愚かにも自尊心に邪魔されて気持ちを伝えられず、ハビエルに無用の誤解を与えてしまった。本当は彼を愛しているのに。

「わたしを愛してくれなくても、あなたは少しも悪くないわ」グレースは思いきって顔を上げ、ハビエルと目を合わせた。「最初からはっきりそう言っていたもの。あなたと離れ、二度と会えなくなるのはわたしのせいだけど……胸がつぶれそうよ」驚いて目をみはるハビエルを無視して、彼女は気力がくじけないうちに言葉を継いだ。「あなたは決して冷酷な人ではないわ。温かい心の持ち主よ。ほかの人と同じ、いいえ、それ以上に深い愛情を持っている人よ。ただ、子供のころの不幸な体験で感情を隠すようになってしまった。あなたは心の鍵《かぎ》を開けてくれる女性を待っていたのよ」

感極まって涙があふれ、グレースは顔をそむけた。

「わたしはその女性になりたかった。心からあなたを愛しているから。マドリードであなたの部屋へ行ったのは、あなたの魅力にあらがえなかったからよ。でも、愛がなければベッドをともにしなかった」

「だったら、どうして去ろうとしたんだ？」ハビエルはもどかしげにグレースを自分のほうに向けさせ、分厚い胸に引き寄せた。「ああ！」悲鳴にも似た声が彼の口からほとばしる。「車のドアを開け、ハンドルにもたれてぐったりしたきみを見たとき……」全身を震わせ、ハビエルは目を閉じた。喉がつまり、涙がこみあげる。

ハビエルが最後に泣いたのは八歳のときだ。母に家から締めだされ、車の陰で空腹に耐えながらひとりぼっちで身を縮めて泣いていた。そのときから感情を抑える術《すべ》を学んだ。傷つかないための自己防御の方法を。だがグレースは彼の魂を見つめ、少しずつ防御を崩していった。グレースを失ってしまったと思ったあの瞬間、ハビエルは人生に絶望した。

グレースの髪に顔をうずめるハビエルの頬を涙が伝い落ちた。「これまで、ぼくは愛を拒否し、自分は愛とは無縁だと思っていた」低い声で言い、彼女の顔と喉に熱いキスの雨を降らせる。「だが今、ぼくはきみを愛している。これほど人を愛せるとは思っていなかったよ」

ハビエルがグレースの髪に指を差し入れて顔を上向かせ、瞳をのぞきこんだ。彼の琥珀《こはく》色の目はあふれる感情で輝いている。なぜハビエルが冷たい人だなどと思ったのだろう、とグレースはいぶかった。今の彼は、感情を締めだしてきた年月を取り戻そうとするかのように、感情におぼれている。ハビエルのうるんだ瞳を見て、彼女はかつての寂しい少年のために泣きたくなった。

グレースは爪先立ちになってハビエルの顔を両手で包み、たっぷりと愛をこめて唇を重ねた。ためらいを見せていた彼の唇が優しく動き始める。甘く誘うようなゆったりとした唇の動きに、グレースは彼の腕の中で身を震わせた。

ほどなく顔を離し、ハビエルは言った。「最初は自分が主導権を握っているつもりだった。きみを手放すことができないのは、単にセックスがすばらしいからだと思っていた」彼の唇に悲しげな笑みが浮かぶ。「きみとの愛の交歓は最高だった。あれほどの喜びを経験したことはない。だが、きみに対する弱さを悟られないよう、離れるべきだと考えた」

「体の関係しか求めていないことを伝えるためかと思ったわ」グレースはおずおずとささ

やいた。「少しでもいいから、わたしはあなたにとって意味のある存在だと示してほしかったの。ルシータとの親しげな様子を見て嫉妬《しっと》したわ。ごめんなさい。あなたを信頼せず、ルシータを信じるなんて」

恥じ入るようにうつむくグレースの顔をハビエルは上げさせた。「ぼくはきみの信頼を勝ち取るようなことをしなかった。ルシータのことはなんとも思っていない。ぼくが愛する女性はきみだけだ。生涯きみを愛すると誓うよ。きみを失いかけて初めて気づいた。本当にすまない」

再び熱のこもるキスを受け、グレースはハビエルの愛の深さに感動を覚えた。彼の首に腕をまわしてしっかりとしがみつく。すると突然、彼はグレースを抱きあげ、部屋を出た。そして廊下を進み、主寝室に入るや、大きな四柱式ベッドに横たえた。

「ここがきみの居場所だ」からかうような口調だったが、すぐに笑みは消え、熱い思いがハビエルの顔いっぱいに広がった。「嘘じゃないと言ってくれ。ぼくの絶望感から生まれた幻覚ではないと。きみが去ったら、ぼくの心も失われてしまう」

グレースは半身を起こし、ナイトドレスのボタンを外し始めた。「わたしはどこへも行かないわ。獅子城がわたしの家。わたしはあなたと、いつか生まれる子供とともに生涯ここで暮らすわ」失った小さな命を思い出し、声が震える。まだ次の赤ちゃんのことは考えられないけれど、ハビエルが二度と孤独を感じないよう、いつか獅子城を子供たちの声であふれさせよう。

グレースはボタンをすべて外してナイトドレスを脱ぎ捨て、夫に手を差し伸べた。「どれほどあなたを愛しているか示すわ」ハビエルの口もとにささやく。「結婚式の誓いは一言一句、本心から出たものよ。心の奥ではあなたこそわたしの相手だとわかっていたの。もう一日たりともあなたから離れないわ」ハビエルが服を脱ぐのを、グレースは熱心に手伝った。

二人の体が重なる。初めのうち、ハビエルはキスだけで充分だというようにグレースの唇と胸を甘く攻めたてた。胸の先端を口に含まれると、グレースは声をもらして彼の肩に爪を食いこませた。ハビエルの片手が動き、そっと脚を開かせる。羽根のように軽い愛撫《あいぶ》で欲望をあおられ、グレースは誘うように身をよじった。

「愛しているよ、グレース」ハビエルは妻を傷つけないよう、ゆっくりと我が身を沈めていった。「もう二度とぼくから離れないでくれ」

その痛々しい口調に胸を締めつけられ、グレースは彼の体に脚を巻きつけて引き寄せた。ハビエルが子供のころ受けた傷はあまりに深く、グレースの愛を確信するまで長い年月がかかるかもしれない。彼女は、いかにハビエルが大切か、毎日、言葉と行為で納得させるつもりだった。

動き始めたハビエルに合わせてグレースも体を動かし、二人だけの世界へと高く舞いあがっていった。グレースの名を呼ぶと同時に、ハビエルの緊張がはじける。今までにない激しいクライマックスを迎え、グレースは激しくもだえた。

二人の呼吸が静かになったところでハビエルは体を離してグレースの隣に横たわり、すぐに彼女を抱き寄せた。そして、彼女の髪を撫《な》でながらささやいた。「きみはぼくの命だ。もう放さない」

グレースはハビエルに体を押しつけ、愛の余韻に浸った。「本当にわたしをイギリスに帰すの?」

「もちろん。そしてすぐに離婚届を出す」グレースが息をのむのを見て、ハビエルは彼女に触れている手に力をこめた。「もうくだらない結婚の契約に縛られることはない。一週間程度の期間をおき、計画を実行するつもりだ」

「どんな計画?」いたずらっぽく光るハビエルの目を見ているうちにグレースの胸は高鳴った。

「きみにきちんと求婚する。ワインと食事でもてなし、ぼくの魅力を全開にしてプロポーズする。一生添い遂げてくれ、と」

「まあ」グレースは不満げな表情を浮かべた。「ワインと食事はいいけれど、離婚はいや。だから、ずっと一緒にいましょう」

「どんなときも」ハビエルは心をこめて誓った。

それからまた、二人は愛を交わした。

しばらくして上体を起こし、グレースは口を開いた。「銀行の頭取の地位をあきらめてほしくないわ。あなたにとって大切なものでしょう」

「きみより大切なものはない。結婚した理由にきみが不安をいだかないようにしたいんだ」ハビエルはグレースを自分の体に引きあげた。「ロレンツォから銀行の経営を一緒にやっていこうと誘われているが、きみの考えに従うよ」グレースの手が腿に添えられるのを感じ、ハビエルは鋭く息を吸った。続いて高まりを両手で包まれると、熱い吐息をもらした。

「あなたがわたしの言いなりになるとは思えないけれど」グレースは澄ました顔で言った。

するとハビエルは、獅子城の主《あるじ》は自分だと言わんばかりに、彼女を仰向けにして覆いかぶさった。

エピローグ

結婚一周年のお祝いに、ハビエルはグレースのために庭の薔薇《ばら》を摘んだ。刺《とげ》で引っかかれた彼の手を見たグレースは、傷を癒《いや》すために一日じゅうベッドで過ごそうと言った。

二年目もハビエルは薔薇を摘み、今度は注意深く刺を取って花束にし、ベッドで生後一カ月の息子に授乳しているグレースに届けた。

「リコのほっぺは薔薇の花びらみたいに柔らかなのよ」グレースはハビエルに息子を渡し、花束に顔をうずめた。「本当にかわいいわね。こんな子がもっと欲しいわ」

「本気か？　ぼくはもう、あんなお産に付き添うのはごめんだ」リコ・エレーラがこの世に生まれ出るまで妻は十六時間も苦しんだ。そのときの記憶がよみがえり、ハビエルは身を震わせた。しかし、リコの頬に唇を寄せると、こみあげる愛で彼の胸はいっぱいになった。「この子を心から愛しているが、ひとりっ子になると思う」ハビエルはリコをそっとベビーベッドに横たえ、妻の待つベッドに近づいた。

「ばかなこと言わないで。あと二人は欲しいわ。わたしが思いどおりにすることは知っているでしょう?」グレースが朗らかに言った。

一年半後、その言葉どおり、双子の女の子、ローザとスザンナが生まれ、〝エレーラのライオン〟の孤独は完全に過去のものとなった。

●本書は2008年7月に小社より刊行された作品を文庫化したものです。

無垢な公爵夫人

2024年5月1日発行　第1刷

著　者　シャンテル・ショー

訳　者　森島小百合（もりしま　さゆり）

発行人　鈴木幸辰

発行所　株式会社ハーパーコリンズ・ジャパン
東京都千代田区大手町1-5-1
04-2951-2000（注文）
0570-008091（読者サービス係）

印刷・製本　中央精版印刷株式会社

Printed in Japan © K.K. HarperCollins Japan 2024 ISBN978-4-596-77586-3

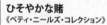

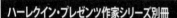